Wiedergang

Matthias Freytag

Wiedergang

– Erzählung –

Bibliografische Information der Deutschen Nationalbibliothek:
Die Deutsche Nationalbibliothek verzeichnet diese Publikation
in der Deutschen Nationalbibliografie; detaillierte bibliografische
Daten sind im Internet über http://dnb.dnb.de abrufbar.

Satz, Umschlaggestaltung, Herstellung und Verlag:
BoD - Books on Demand

ISBN: 978-3-7460-8963-8

I

Ich befand mich damals auf dem Weg zu einer Ausstellung, in welcher Seebilder jenes Malers gezeigt wurden, der in diesen späten Arbeiten das, was dort dargestellt ist, derart als kaleidoskopisches Spiel von farbigen Lichtern und Schatten aufgefaßt hat, daß es dem Betrachter schwerfällt zu unterscheiden, wo von den Dingen das eine und wo das andre beginne; was ein Reflex der Gegenstände selbst, was Widerschein ihrer Spiegelung auf der Wasserfläche oder bloßes Funkeln und Schimmern des Wassers sei; wo man dieses Element oder vielmehr Luft und Himmel erkenne.

Ich machte mich ohne besondere Reisevorbereitungen auf den Weg, hatte weder in dem Ausstellungsort noch in der Stadt, wo ich danach einige Tage zu verbringen gedachte, noch auch für den Aufenthalt in den Bergen, der sich für zwei Wochen hieran anschließen sollte, im voraus ein Zimmer bestellt.

Warum war zu jener Zeit und ist heutzutage noch immer Abenteuerurlaub so begehrt? Weil die Menschen für ein paar Wochen im Jahr dem gleichförmigen, vorhersehbaren, durch den Arbeitstakt und die »Laufzeiten« von Maschinen jeglicher Art vom Großen bis ins Kleinste bestimmten Kreislauf ihres Alltagslebens, während zugleich der Lebensfaden unaufhaltsam abgespult wird, entfliehen wollen. Allerdings glaube ich, daß die sogenannten Abenteuerurlaube im Grunde um kein Strichelchen weniger durchgeplant und vorhersehbar sind, sondern einem Schaltplan gemäß verlaufen, als Bestandteil der gesamten Maschinerie, und daß die vollmundigen, aufgeblasenen Versprechungen von der großen Freiheit bloß in einem grellen Budenzauber enden.

Darum praktizierte ich es lieber auf ganz bescheidene Weise, wandelte zwar nicht auf der Fährte des Tigers von Eschnapur, nicht auf den mythisch-magischen Songlines der Aborigenes, nicht auf den Spuren King Kongs oder auf Geronimos einstigem Kriegspfad, buchte aber – mitten im Europa der sommerlichen Hochsaison – rein nichts und plante auch sonst so gut wie nichts, nahm mir nichts weiter vor, als jene Ausstellung und jene Stadt zu besuchen und dann, ohne mich schon für einen bestimmten Ort entschieden zu haben, in den Bergen wandernd umherzustreifen. Und mehr, als mir zuletzt lieb sein konnte, wurde ich denn auch in ein unvorhergesehenes Abenteuer verstrickt.

Angenehm war es, im Zug zu sitzen und sich fahren zu lassen. Einräumen muß ich hierbei, daß ich, so wenig zwar ein Plan meine Reise regierte, den Abteilplatz natürlich doch reserviert hatte – das zu tun versäumen, hätte in dieser Jahreszeit, die in dem Fall weniger Sommer als vielmehr Reisemonsun-Zeit oder etwas dergleichen genannt werden sollte, mit Sicherheit kein Abenteuer, das in lebenssteigernder Weise die Sinne erregt, zur Folge gehabt, sondern einzig eine nervenaufreibende Tortur, die zu ertragen völlig sinnlos gewesen wäre. Das Ende vom Lied, nach einer mehrstündigen Zugfahrt im Stehen oder auf einem Notsitz im Gang, wäre Mißklang von jammernd-nörgelnder Klage gewesen und hätte nichts anderes bedeutet als das Ende aller Vorfreude auf jeden noch so schönen Urlaub. Zumindest der erste Tag wäre all seiner Heiterkeit und frohgemuten Erwartung beraubt worden; und wenn der Beginn einer Unternehmung, auf die man sich sehr gefreut hat, mißglückt, dann droht – besonders, wenn nur eine gewisse, nicht allzu lang bemessene Frist zur Verfügung steht – leicht die Gefahr, daß ein Schatten fällt, der auch das Weitere verdüstert. Dieses unnötige Risiko mochte ich wirklich nicht eingehen.

Ich hatte einen Fensterplatz in Fahrtrichtung. Die beiden Gangplätze und den Sitz neben mir hatte eine Familie inne, die nach ebenjener Stadt fuhr, die als zweite Etappe meiner kleinen Reise vorgesehen war. Das verrieten mir einige Worte des Mannes, der unentwegt in Reiseführern blätterte, während seine Frau auf sein Diktat hin Notizen machte und ständig nachfragte: »Alles?« Ihr Sohn indessen, ich schätzte ihn auf fünfzehn, sechzehn Jahre, schien für derlei kein Interesse zu hegen, er lümmelte, den Rücken mir zugekehrt, in seinem Sitz, hatte sich die Kopfhörer eines

Walkmans über die Ohren gestülpt und fand sein volles Genügen und *Vergnügen* darin, der Musik zuzuhören, zuweilen dabei mit den Fingern zu schnippen und zu trommeln und immerfort mit dem einen Fuß, den er auf den Boden gestellt hatte, in monoton gleichbleibender Weise zu klopfen. Was allenfalls seine Aufmerksamkeit anziehen mochte, konnte das Mädchen sein, das ihm gegenüber saß (oder eigentlich, wenn man seine Sitzhaltung berücksichtigt, mehr seitlich von ihm) und ungefähr in seinem Alter gewesen sein durfte. Doch folgerte ich dies allein aus *ihren* Blicken, die immer wieder verstohlen zu ihm hinübersuchten, wenn sie von ihrem Buch aufsah, und später, während sie ein Vesper verzehrte, und aus dem heimlichen Lächeln, das mehr als einmal ihr über das Gesicht huschte. Ob er sie tatsächlich beachtete und vielleicht sogar sein Gebaren als cool und imponierend verstand und extra für sie inszenierte, ob sie womöglich einem bloßen Phantasiespiel sich hingab oder ihn nur beobachtete, weil sie ihn lächerlich fand, mußte letztlich unentschieden bleiben, da eine erkennbare Reaktion seinerseits mir nicht auffiel. Er machte insgesamt auf mich den Eindruck, als habe ihn die bisherige Besichtigungstour, die vermutlich schon hinter ihm lag, bloß gelangweilt oder genervt oder total erschöpft, mag sein auch alles zusammen, so daß die einzige Aktivität, zu der sich aufzuraffen er noch fähig war, das mechanische Wippen seines Fußes und – als ein bisweilen krampfartiges Aufzucken früherer jugendlicher Lebenskraft – sein Fingerschnippen darstellte. Es verdroß mich etwas, daß ich einen wie ihn neben mir hatte. Dieses Nichtstun, das keinen Müßiggang, sondern nichts als Lethargie bedeutete, brachte einen Mißton in meine Stimmung, wie auf einem Instrument eine zu schlaff gespannte Saite. Ich bemühte mich, den Burschen nicht zu beachten. Leider bereitete das Schwierigkeiten, weil, selbst wenn ich meinen Blick abgewendet hielt, dennoch das beständige Tappen seines Fußes wie auch das Klicken und Ticken aus seinen Kopfhörern die ganze Zeit mir in den Ohren hüpfte. So gesehen, hoffte ich innig, das Mädchen möge ihn nur als Ausgangspunkt für eine Spielerei in der Vorstellung – die dazuhin vielleicht mit seiner Unart ihren Spott trieb – ins

Auge gefaßt und ihn nicht als wahrhaftiges Objekt der Begierde oder gar als möglichen Rosenkavalier in Erwägung gezogen haben.

Sie dagegen sah ich mit Wohlgefallen. Sie war, wie sich im Laufe der Fahrt herausstellte, die Enkelin der liebenswürdigen älteren Dame, die den Platz mir vis-à-vis eingenommen hatte. Und ich schmeichelte mir, es gelte das eine und andre Mal ihr flüchtiges, schelmisches Lächeln auch meiner Person. Wäre ihre Großmutter nicht dabeigewesen, so hätte ich mich wohl wenig darum geschert, daß sie, wie ich damals dachte, für meine dreißig Jahre im Grunde zu jung und noch zu naiv war, und hätte versucht, mit ihr das alte Wort- und Augenspiel zu treiben und sie zu einer ungestörten Plauderei auf dem Gang zu bewegen. Ganz gewiß, ob ohne, ob mit Großmutter, hätte ich mich ihr zu nähern versucht, wenn ich dieser Junge gewesen wäre.

Indes, in meiner Lage, *weil* die Großmutter anwesend und das Mädchen so jung war, und schließlich auch, weil die Frau – die ich für Ende sechzig hielt – fast jedesmal, wenn ich hinübersah, mich gleichfalls anblickte, mit einem Nicken und Lächeln mich grüßte, beschränkte ich mich darauf, mit *ihr* mich hin und wieder zu unterhalten und dabei wie im Vorbeigehen an ihre Enkelin (auch weil mir dann nie einfiel, wie ich sie in das Gespräch ausführlicher miteinbeziehen könnte) ein paar Worte zu richten. Die beiden fuhren ebenso in jene Stadt, in die mich mein Weg als zweites führen sollte. Sie freilich wohnten dort und kamen von einem Besuch bei dem Sohn der Frau zurück, dem Vater des Mädchens, dessen Eltern geschieden waren und das deshalb bei der Großmutter lebte. Als ich erfuhr, wo sie zu Hause waren, hoffte ich im Stillen so halb und halb, ich möchte eingeladen werden, bei ihnen vorbeizuschauen, denn ich erzählte natürlich, was ich vorhatte. Der heimliche Wunsch erfüllte sich nicht.

‚Schade', dachte ich, da wir die Station, an der ich umsteigen mußte, erreichten. Noch, das heißt *besonders* noch in dem Moment, als ich mich erhob, um Abteil und Zug zu verlassen, und mich verabschiedete, wartete ich darauf, daß die Frau sagen werde: »Ach, wissen Sie, wenn Sie in unsre Stadt kommen, besuchen Sie uns doch einmal ...« – Sie wünschte mir stattdessen nur, wie man's eben so macht, eine gute Zeit. Ihre Enkelin lächelte mir flüchtig zu, senkte schnell – fast hastig, wollte es mir scheinen – den Kopf in ihr Buch und sagte gar nichts. Draußen auf dem Bahnsteig dann lagen sie meinen Gedanken aber bereits wieder fern – und erst jetzt in der Erinnerung, nachdem ich zu Anfang vorgehabt hatte, die Zugfahrt in ein paar Zeilen abzuhandeln, tauchten diese Einzelheiten mir wieder auf. Ich hätte sie trotzdem fortlassen können, mit dem Folgenden haben sie wenig zu tun. Doch glaube ich andrerseits, sie vervollständigen das Bild.

Was mich nun beschäftigte, war, wie ich die Zeit, bis mein Zug für die Weiterfahrt käme – was noch gut eine Dreiviertelstunde dauerte – überbrücken könnte. Der Bahnhof lud keineswegs zum Verweilen ein, er zeigte sich von der Art, daß man ihn entweder auf der Durchreise, weil es eben einen kurzen Halt gab, im Wagen sitzend flüchtig zur Kenntnis nahm oder ihn, wenn man durch die Notwendigkeit der Umstände auf ihm selbst sich aufhalten mußte, gleichgültig bis gerne wieder verließ. Ganz gewiß war er keiner der Orte, wo man sich das Vergnügen gönnte, die besondere Atmosphäre des Reisens auf sich wirken zu lassen. Also entschied ich mich zunächst, ihm den Rücken zu kehren und einen kleinen Bummel durch die Stadt zu unternehmen. Bevor ich den Bahnsteig verließ, trat ich indessen an den nächsten Fahrplan, da ich mich – um eine unnötige böse Überraschung zu vermeiden – vergewissern wollte, ob die Abfahrtszeit, die ich zu Hause von der Bahnauskunft erfahren hatte, tatsächlich stimmte. Ich glitt mit den Augen die Zahlen entlang und stellte fest, daß es mit der Angabe seine Richtigkeit hatte. Schon war ich im Begriff, mich abzuwenden, als ich stutzte und noch einmal hinsah. Der Zug davor fuhr nach einem Städtchen, das unmittelbar am Großen See lag – und in weniger als einer Viertelstunde führe er ab.

,Wie lange bin ich nicht mehr am See gewesen', dachte ich. ,Jahre ist es her. Seit den Ferien der Kinderzeit war es bloß noch sporadisch, bloß halbtageweise, und schon so lange ... ich könnte doch – soll ich nicht ...

die Ausstellung läuft mir ja nicht davon, und ich habe ja nichts irgendwie vorbestellt ... wie gut', dachte ich, „...ein, zwei Tage mal wieder am See sein, richtig, einen Morgen, einen Nachmittag und Abend, eine Nacht dort wieder verbringen ...'– Den endgültigen Ausschlag gab die frühere Abfahrtszeit, was auf meine vorgesehene Reiseroute bezogen nicht gerade logisch war, denn die Orte, zwischen denen ich geschwankt hatte, lagen in recht verschiedenen Himmelsrichtungen. ‚Sei's drum, es tut schließlich keinem weh', sagte ich mir und merkte doch verwundert, wie verhältnismäßig schwer es mir fiel, aus dem so locker geknüpft gedachten Netz des ursprünglichen Plans mich zu lösen. Nachdem ich aber die Fahrkarte gekauft hatte, wenig später der Zug angekommen und ich eingestiegen war und wie er dann wieder abfuhr, da fühlte ich mich von dem unvermuteten Abstecher schließlich regelrecht beschwingt, als habe jetzt erst mein Urlaub wahrhaftig begonnen.

In jenem Städtchen angekommen, ging ich – weil es sich am Wege anbot – zu dem einzigen Kiosk der unscheinbaren Bahnstation, an der nur eine Handvoll Leute mit mir den Zug verließ, und fragte nach einem empfehlenswerten Gasthof oder Hotel. Der Mann, der den Kiosk oder besser den kleinen, begehbaren Verkaufspavillon betrieb, ein spärlich weißbehaarter, wohlbeleibter Geselle mit rotem Gesicht und Knopfaugen, hörte mich freundlich an und gab mir wortreich zu verstehen, daß er leider außerstande sei, mir weiterzuhelfen. Als einzige Unterkunft wußte er das Bahnhofshotel zu nennen, gleich gegenüber, doch meinte er im selben Atemzug, er könne mir weder etwas Gutes noch Schlechtes darüber sagen, da er selbst ja noch nie dort übernachtet habe. Bloß so läuten habe er hören, ja, und wenn man selber noch ein paar Jährchen jünger wäre, dann einmal ... um die Mittagszeit oder den Feierabend sich zu verschönern, mit einem lustigen, schnellen Häppchen ... 's wär ja nicht weit, sagte er blinzelnd und lachte behäbig. Aber nicht, daß ich dächte, er wolle das Hotel schlecht machen, nein, um Gottes Willen, er wisse, wie gesagt, im Grunde ja gar nichts, könne sich ein Urteil überhaupt nicht erlauben, wiegelte er gleich darauf ab. Außerdem sei alles auch relativ, nicht wahr, des einen Freud, des andern Leid, hehehe, und wie gesagt nochmals, er selber sei noch nie dortgewesen, höre bloß dies und das und meine nur, als Gelegenheit an sich – *an sich* betonte er – läge es, rein hypothetisch verstehe sich – was er ebenfalls betonte – wahrhaft günstig für ihn, um eine nette Verabredung zu treffen... Schließlich sei er allein hier im Kiosk und oft käme lange Zeit keine Kundschaft, es gebe gewisse Stoßzeiten – an der Stelle lachte er aufs neue, wie über einen köstlichen Witz – und dann sei die Luft wieder raus, und er habe, zu seinem *Unglück* – er seufzte –, doch ausgiebig Anschauungsmaterial daliegen, und ob man wolle oder nicht reize das die Phantasie und nicht sie allein ... auch Alter schütze vor Torheit nicht (oder sagte er Tollheit?), ach ja ach ja, ein kleines Abenteuer mal, ach ja, und 's wär halt nicht weit, wiederholte er, wie um sich zu entschuldigen, kicherte dann allerdings vor sich hin und blinzelte mir wie vorhin vertraulich zu.

Ich wollte gehen, bereits zu lange hielt ich mich an dem Platz auf. Eigentlich hatte ich gar nicht darauf gerechnet, einen brauchbaren Hinweis zu erhalten. Als ich ausgestiegen war, hatte es mich einfach verlangt, sofort irgend jemanden wissen zu lassen, daß ich ein, zwei Ferientage hier verweilen wollte, denn die frohgemute Laune war während der Hinfahrt, die eine halbe Stunde etwa in Anspruch nahm, nicht mehr von mir gewichen und glitzerte in mir wie Sommersonne auf einem sanftbewegten Wasserspiegel. Um nur in irgendeiner Weise gleich zu Beginn mit diesem Städtchen eine gleichsam persönliche Verbindung herzustellen, hatte ich dann meine Schritte zu dem Kiosk gelenkt. Wie es indessen schien, war ich leider an die völlig falsche Adresse geraten. Und nun also beabsichtigte ich, mich zurückzuziehen, als der Mann, der plötzlich eine Flasche aus seinem reichhaltigen Sortiment in der Rechten emporhielt, mich fröhlich fragte: »Ein kleines Schnäpschen vielleicht?«– und schon auch schenkte er in zwei wohl stets griffbereite Gläser ein, deren Fassungsvermögen dem doppelten Diminutiv entschieden widersprach.– ‚Na gut', dachte ich, ‚warum nicht, wes' Brot ich eß, des' Lied ich noch lang nicht sing.' – und nahm die Einladung als eine Gelegenheit an, um meinen mir eben aufgestoßenen Ärger hinunterzuspülen.

Er reichte mir eins der bis zum Rand gefüllten Gläser, prostete mir mit dem andern zu, rief »Gesundheit« und kippte den Inhalt mit einer kurzen Drehung des Handgelenks sich in den Schlund. »Aaah«, machte er genüßlich. »Das ist halt was ganz was Feines. Tjajajajaja, dafür kann man gern auf so manches verzichten«, fügte er hinzu und verdrehte verzückt die Augen. Dann, wie er mein gerade viertelgeleertes Glas erblickte: »Ja, aber was, schmeckt's Ihnen etwa nicht?«, kam es von ihm bestürzt.– »Doch doch, ganz ausgezeichnet«, versicherte ich rasch. »Aber auch ganz schön stark.«– »Na und ob. So muß 's sein. Und jetzt, runter und weg damit. Das muß wie ein warmer Regen die Speiseröhre langfließen – auf geht's, hopp«, ermunterte er mich und schaute mich derart bittend und fürchterlich fröhlich an, daß ich ihm willfahren mußte. – Das Zeug brannte in diesem Quantum höllisch, ein Hustenanfall überkam mich und ich war einem Schweißausbruch nah. »Heijawoll, das tut gut, was!? Das putzt durch«, rief er, »Obst ist halt gesund, und so schmeckt's am besten« – und er lachte glucksend, wobei er sich zum zweitenmal einschenkte. »Ihnen auch?«, fragte er und streckte mir den Arm mit der Flasche entgegen. – Ich wollte erst ablehnen – und wieder von ihm penetrant ermuntert (»ein Kleiner noch, damit's was Großes wird, auf einem Bein steht sich's eh nicht gut, und eins geht immer noch rein, und 's ist ja reines Obst, hihihihihi«) hielt ich dann doch mein Glas unter die Flasche. Schlecht hatte der Schnaps bestimmt nicht geschmeckt, und das Brennen, die heftige Hitze hatten sich in ein wohliges Wärmegefühl verwandelt; außerdem kam mir der Mann unversehens viel sympathischer vor. ‚Kleine Macken hat nun mal jeder, und jeder nach seiner Façon', dachte ich, während er eingoß. Der »Kleine« wurde so groß wie der erste. Aber ich faßte mir dieses Mal ein Herz und trank mit dem Kioskbetreiber synchron in einem Zug aus. Ich schnappte nach Luft. »Huiii«, kam es von ihm und: »Aaaah – der zweite Schluck ist in dem Fall immer noch besser als der berühmte erste, mmh, und der Genuß wächst noch mit jedem Glas«, meinte er und fragte wie durch ein Megaphon: »Noch einen? Ja!?« – Bevor ich etwas zu äußern vermochte, war, vielleicht weil ich unvorsichtigerweise die Hand, die das Glas hielt, gesenkt hatte, dieses wiederum voll, und beinah wie des Mannes Spiegelbild folgte ich seinen Bewegungen, hörte ihn »Gesundheit« sagen und trank. »Blblblblblblbll«, mit derartigen Lauten schüttelte er den Kopf hin und her, daß sein Gesicht wie Pudding schwabbelte. Auch ich mußte tief durchatmen und fühlte Tränen in den Augen. Anschließend bellte er: »Noch einen!?« – Jetzt galt es. Entweder wehrte ich sein Angebot standhaft ab oder ich lag am Ende flach und konnte gleich bei ihm hinter der Verkaufstheke – die man ebenso gut, und bestimmt nicht nur heute, einen Ausschank nennen durfte – mein Nachquartier beziehen. ‚Warum kommt denn keine Kundschaft?‘, dachte ich, ‚das erleichterte den Rückzug kolossal.‘ Und nicht allein wegen ihm und seiner immer mehr besitzergreifend fürchterlich herzlichen Art hoffte ich auf Abhilfe von dritter Seite. Das Wässerchen selber lockte. Wie hatte er gesagt?: Der Genuß steige von Schluck zu Schluck? In der Tat, jedesmal, wenn das Brennen schwand, war das wie ein nachlassender Schmerz so schön, und die innere Wärme dann strahlte aus wie die behagliche Wärme einer lauen Sommerabenddämmerstunde. Ich fühlte mich so angenehm träge und leicht, wie sollte ich mich da mit dem schwerwiegenden Problem einer Ablehnung abgeben? Gleichwohl, es galt, Vorkehrungen zu treffen, wenn diese laue blaue Dämmerung nicht zuletzt als blaue Flut über meinem Kopf zusammenschlagen sollte. »Noch einen, wie ist's«, wiederholte er, mehr im Ton einer Aufforderung denn einer Frage, und hatte sich bereits erneut eingeschenkt – und keine Kundschaft kam. ‚Vielleicht braucht er das fürs Geschäft‘, hüpfte mir der Gedanke durch den Sinn, und ich war nahe daran, in ein albernes Kichern auszubrechen: ‚Wenn so wenig Leute kommen, sieht er sie auf die Art wenigstens doppelt ...«– »Na auf, kommen Sie«, rief er, und gleich einem roten Lampion glühte vor mir sein Kopf.– Noch immer stand ich unschlüssig, dümpelte sozusagen wie eine Boje hin und her, die an ihrem Ankerseil von sanftem Wellengang geschaukelt wird. ‚Blaue Nacht, o blaue Nacht am Hafen‘, fing es in mir zu singen an. Was war das um alles in der Welt bloß für ein Schnaps? Wahrscheinlich rührte die starke

Wirkung daher, daß ich seit dem Morgen keinen Bissen mehr gegessen hatte. »Ich glaube ...«, sagte ich, und wußte nicht, was. – »Recht so«, freute sich der Kioskbetreiber, nahm mir, der ich schwankte, das Glas aus der Hand und schenkte nach. –

Als ich das sah, wurde ich klarer im Kopf. Noch so ein großer Kleiner drohte. Auf keinen Fall durfte ich das zulassen. Gut war der Schnaps gewesen, gut fühlte ich mich. Aber einen weiteren und *blau, so blau zur Nacht am Hafen*, hieß es dann ... Ganz klar bei Verstand war ich ohne Zweifel sowieso nicht mehr, immerhin erkannte ich meinen Zustand und wußte mich noch aufrüttelnd genug Herr meiner Sinne zu nennen, um jetzt tatsächlich den Rettungsring des Abschieds zu ergreifen. »Nein, nein, auf keinen Fall, vielen Dank, nein, ich muß doch noch zum Hafen – äh – hähä, ein Hotel, meine ich, brauche ich doch noch, sonst gerne, wirklich ...«– Auf einmal war mir wieder siedend heiß. Mit einiger Anstrengung, mich gleichsam gegen mich selber stemmend, drehte ich mich um, faßte meine Tasche und strebte, immer noch wie gegen einen Widerstand andrängend, hinaus. »Soo? Na denn, vielleicht ein andermal«, hörte ich ihn, dann tönte es: »Aaaah« und gleich darauf: »Blblblblblbll« – und: »Bahnhofshotel, jajajajaja«, rief er mir noch nach, als ich glücklich wieder hinausgelangte. –

In der frischen Luft fühlte ich meinen Kopf sofort freier, wobei die angenehme träge Leichtigkeit in mir erhalten blieb, die sich sogar insofern, als sei die vorher dümpelnde Boje nun frei beweglich und laufe nicht mehr Gefahr, vom Ankerseil nach und nach abwärts gezogen zu werden, intensivierte. Das kam mir gerade recht. ‚Sei's drum', dachte ich, ‚ein seltsamer, ein schrulliger Empfang – aber persönlicher, auf eine eigenere Art hätte er gar nicht geschehen können; und der Dicke ist zwar ein Schwein, aber im Grunde bloß ein ganz armes Schwein.'

II

Nichtsdestoweniger mußte ein Zimmer gefunden werden. Das Bahnhofshotel, das im übrigen nur ,*Hotel zum Bahnhof*' hieß, wirkte indes – ganz ungeachtet der Andeutungen des Mannes, die vermutlich haltloses Geschwätz gewesen waren, so wie er auch einen unrichtigen Namen genannt hatte – keineswegs einladend; es sah mir schlichtweg zu grau, zu trist, zu schäbig aus. Ich folgte daher dem Weg weiter in den Ort hinein. Die Straßen lagen leer, alles wirkte recht verschlafen, als ob die Bewohner fast sämtlich noch Siesta hielten, um südlicher Mittagshitze zu entrinnen. Heiß allerdings war es zwischen den Häusern, und ich ging auf der Schattenseite und kam trotzdem, die prall gefüllte Reisetasche schleppend, schnell ins Schwitzen. Die gute Laune, die mittlerweile ganz so wiederhergestellt war, wie sie auf der Fahrt hierher gewesen, und die auch den Aufenthalt im Kiosk vollkommen in sich aufgelöst hatte, wurde mir dadurch nicht verdorben. Vielmehr wandelte mich aus heiterem Himmel – den es ja buchstäblich gab – die Lust an, in Gedanken, in der Phantasie zu spielen, wie ich es früher, vor langer Zeit, als Kind auf Spaziergängen oft getan hatte. Ich malte mir aus, ein Wüstenwanderer zu sein, ein Weltreisender und Forscher, dem die Erzählung von einem sagenhaften Oasenland zu Ohren gekommen ist, wo als Letzte des Herrscherhauses eines durch bösen Zauber zerstörten Reiches die verwunschene Prinzessin lebe – deren Schönheit sehen zu dürfen noch die Beglückung, die man beim Anblick jener Oase inmitten der endlosen, öden und glühenden Wüste empfände, unendlich überträfe – und wo sie von der Wiederkehr der alten Pracht und Herrlichkeit träume, was nur geschehen könne, wenn ein fremder Fahrensmann den Weg zu ihr fände und die Aufgabe, um den Zauberbann von ihr zu nehmen, zu lösen vermöchte ... – Der Schnaps hatte fraglos seine Wirkung noch nicht verloren.

Währenddessen gelangte ich in eine Fußgängerzone, mußte mich also, wie ich daraus schloß, im Zentrum des Städtchens befinden. Ich hielt an und überlegte, in welche Richtung ich weitergehen sollte. Linker Hand entdeckte ich ein Stück weit voraus das Reklameschild eines Reisebüros. ‚Möglicherweise kann dort jemand helfen‘, sagte ich mir und steuerte darauf zu. Hier war es ungleich belebter als bisher, Läden reihten sich auf beiden Seiten, Passanten bummelten entlang, die Terrasse eines Eis-Cafés zeigte sich bunt und dicht bevölkert, Stimmen schwirrten, blumenbe-stückte Pflanzkübel in der Straße erfreuten das Auge, und die Bänke, die dabeistanden, waren ebenfalls von der müßiggängerischen Schar besetzt. ‚Der unermüdliche Forscher und verwegene Abenteurer hat nach langen, schweren Entbehrungen die sagenhafte Oase gefunden‘, so trieb ich mein Spielchen noch weiter, ‚jetzt muß er aber auch einen Weg, in den Palast vorzudringen, ausfindig machen‘ – und dachte dabei an Hotel und Zim-mer. Dann stand ich vor dem Reisebüro. »Reisen Sie, reisen Sie«, lockten die Angebote im Schaufenster. Eines lautete tatsächlich: »Märchenreise ins Morgenland«, und eine andere Tafel verkündete: »Wir erfüllen Ihre schönsten Träume – garantiert«. Ich trat ein in dem Bewußtsein, einen äußerst bescheidenen Wunsch zu hegen: den nach einem Platz eben, wo ich bleiben konnte – und ihn Wirklichkeit werden zu lassen, mußte doch wahrlich im Bereich des Möglichen liegen.

Drinnen, aus dem grellen Licht im Freien kommend, nahm ich zuerst nur die weiße Theke wahr, die einige Schritte vor mir den Raum quer unterteilte, dann rechts abknickte und zu mir her bis nahe an das Fenster verlief. Als zweites fiel mir hinter der Theke das Regal mit den leuchtend farbigen Reihen der ausgestellten Prospekte in die Augen, den Schlüsseln gleichsam zu all den vielen verlockenden Wunderschätzen, die einem an diesem Ort versprochen wurden und wovon ich weder das eine noch das andere begehrte. Schließlich vernahm ich eine Stimme – »Grüß Gott, bit-teschön? Kann ich Ihnen helfen?« – und sah jetzt vor dem bunten Muster der Prospekte-Galerie die Köpfe dreier Frauen. Die Mittlere blickte mir lächelnd entgegen, die beiden neben ihr waren in Sortier- oder Schreib-arbeiten vertieft und saßen seitlich vorneübergebeugt da. »Grüß Gott«, erwiderte ich die Begrüßung und trat näher. »Ich hoffe *sehr*, Sie können mir helfen«, sagte ich. – Das Lächeln der jungen Frau, die tiefst braungebrannt war, die weißblonden Haare ganz kurzgeschnitten trug und in mir irgendwie den Eindruck hervorrief, als müsse sie gerade erst vom Surfen oder Gletscherskifahren zurückgekehrt sein – ihr Lächeln, das bis aufs Zahnfleisch ging, wurde noch strahlend-fragender und verbindlicher. In diesem Moment hob auch die Rechte den Kopf und schaute zu mir her. Vermutlich hatte sie einfach kurz – wie man es ohne weitere Absicht zuweilen tut – von der Arbeit aufsehen wollen, denn mit dem übrigen Körper war sie ganz in der bisherigen, abgewendeten Stellung verblieben. Es bewirkte aber, daß ich, im Herantreten, von meiner Richtung abschwenkte und auf den Hocker vor *ihr* zu sitzen kam. Ich glaube, sie war bereits im Begriff gewesen, sich wieder über ihre Arbeit zu beugen, als ich Platz nahm. Nun richtete sie sich gerade auf, schien zuerst nicht sehr glücklich über die Störung, hob stirnrunzelnd die Augenbrauen und zog die Unterlippe zwischen die Zähne, warf prüfend einen Blick auf mich und rasch auf ihre Nachbarin – und dann wurde es freundlich in ihrem Gesicht. »Kann ich Ihnen helfen?«, fragte sie gleicherweise. – Mir helfen? Konnte *Sie* es? Und womit? Ich mußte überlegen, ich war verwirrt. Der Schnaps machte sich abermals bemerkbar; oder was war es? Mußte ich nicht endlich antworten, schwieg ich nicht schon zu lang – was hatte sie mich noch gefragt?

»Ich suche ein Zimmer«, gab ich Antwort, und die Zeit seit ihrer Frage war wohl doch nicht so lang gewesen. Kein »Was ist mit Ihnen?«, kein »Haben Sie mich verstanden?«, kein zweites »Bitte, was kann ich für Sie tun?« war auf das Schweigen hin von ihr erklungen, und jetzt sagte sie schlicht: »Ein Zimmer? Ein Hotelzimmer meinen Sie ... hier im Ort?« Aber eine Spur Verwunderung war ihrem Blick und Lächeln beigemischt.– War es nicht klar, was ich wollte? Bereitete es etwa Schwierigkeiten, meinen Wunsch zu erfüllen? Was wollte ich denn Außergewöhnliches? Warum fragte sie denn? So ungefähr wäre meine erste Regung von damals in Worte zu fassen. In der nächsten Sekunde allerdings empfand ich es als glücklichen Umstand, daß sie Fragen stellte. ,Täte sie es bloß immer aufs neue, um so mehr Zeit gewönne ich, vor ihr zu sitzen und mit ihr zu sprechen', so ging's mir durch den Sinn. Ich begann umständlich zu erklären, was ich wollte, warum ich es wollte, erzählte, wohin ich zuerst zu fahren vorgehabt, verlor auch einige Worte über jenen Maler und seine Bilder – und gewann dadurch kostbare Zeit, während der ich sie vor Augen hatte und ihr nah sein durfte, und niemand konnte etwas dagegen haben, ich war Kunde und war König, und niemand brauchte zu wissen, daß mir in Wahrheit anderes als dienstleistungsentsprechend gut beraten und bedient zu werden am Herzen lag, auch sie nicht – wenngleich *sie* einzig *da*rum nicht, weil ich es ihr zu sagen mich nicht traute.

Blond war sie, wie ihre Kollegin, jedoch von einem dunkleren, einem honigfarbenen Blond, und die Haare wellten sich halblang bis in den Nacken hinab. Sie ließen die Stirn frei, umgaben das Gesicht gleich einem geschweiften, da und dort in sich geringelten Rahmen. Nicht schnittig-sportlich sah sie aus; sonngebräunt zwar, erinnerte sie dennoch weder an Surfbrett- oder Wasserskiaktivitäten noch an andres dergleichen. Ebensowenig aber war sie etwa ein Pummelchen. Ihre Erscheinung ließ vielmehr an einen Sommertag auf dem Lande denken: Ein Feldweg, hell und staubig unterm vor Hitze fast weißen Himmel. An einem reifenden Kornfeld, dessen Grün noch nicht völlig zu Gelb geworden, mit Mohnblumen an den Rändern, führt er uns hin, und eine blühende, schimmernde Wiese breitet sich auf der anderen Seite aus. Lerchen stehen mit schwirrenden Flügeln hoch über dem Feld, ihre Triller sind Laut gewordenes Licht, und aus den Gräsern sirrt zirpendes Singen in die flimmernde Luft. Inmitten der Wiese ein Baum, ein alter Apfel- oder Birnbaum. Unter ihm, in seinem hellen Schatten lassen wir uns nieder, halten ein Picknick und schmecken zum Nachtisch eins des andern Küsse – und wissen einen See in der Nähe und einen Platz dort an seinem Ufer, an den sonst niemand kommt ... –

Wie geschaffen für diese Vorstellungen zeigte sich ihr Kleid, das bauschige Oberteil, das ich sehen konnte. Oder vielleicht trug es zu einem guten Teil auch zu ihnen bei, denn der Stoff war mit einem Blumenmuster, worin rote Töne die Akzente setzten, bedruckt. Hals und Schultern ließ es großzügig frei – verführerisch der seidige Glanz der Haut, ihres lichten Brauns, das heller, zarter war am Hals, unter dem feinen runden Kinn (was ich bemerkte, wenn sie den Kopf hob), darüber ihr Lächeln, weiß und rot, das ein Grübchen auf der linken Wange hervorrief und ganz jetzt da war, mag sein etwas amüsiert, mag sein etwas verwundert, aber ohne Linie der Ungeduld und bloßen Pflichtbeflissenheit, und *darüber* ihre Augen, grün und golden, groß und hell.

Sah ich sie wirklich in jenen Augenblicken schon so? Ist, was ich schrieb, nicht im nachhinein aufgewendeter Schmuck? Wenn ich das, was ich damals in bewußten Gedanken dachte und mit bewußter Beobachtung sah, beschreiben wollte, dann sicherlich. Die Bezauberung aber *war* Wirklichkeit und wirkte tief, obwohl ich damals, *wie* sie geschah, gar nicht hätte benennen können. Jetzt muß ich Bilder und Worte dafür suchen, um sie wiederaufzufinden und nicht form- und gestaltlos im Vergessen (das mit Kraft die Erinnerung in ihren Einzelheiten bereits ansaugt) versinken zu lassen; diese Bezauberung, die damals unmittelbar und unerklärt, in ihrer tiefsten Wirkung zwischen uns begriff- und wortlos – bei allem, was wir sagten – geschehen mußte.

Wie sehr ich auch ein Bedürfnis verspürte, der jungen Frau möglichst ausführlich meine Lage darzustellen – es dauerte kürzer als im Geheimen erhofft. Denn ich hegte doch eine gewisse Scheu davor, allzuviel Aufhebens von der Banalität einer Urlaubsfahrt zu machen. »Es freut mich, daß Sie ein paar Tage bei uns bleiben wollen; und jetzt suchen Sie also ein Hotelzimmer?«, hörte ich ihre klare Stimme (die Anzahl der Tage meines Aufenthalts hatte ich kurzentschlossen aufgerundet), und sie fuhr fort: »Sie wissen aber, daß wir ein Reisebüro sind?« – »Ja, natürlich«, antwortete ich. »Eben drum komme ich ja zu Ihnen.« – Sie schlug für einen Moment die Augen nieder. »Genau das ist das Problem«, sagte sie dann. – »Ach?« – »Ja«, sagte sie mit einem leichten Lachen. »Selbstverständlich wissen wir, welche Hotels es hier gibt, keine Frage.«

Sie blickte mich von unten her an. »Aber wir können nicht sagen, wo gerade ein Zimmer frei ist, da uns das nicht gemeldet wird. Damit haben wir nichts zu tun. Ich könnte Ihnen höchstens Adressen und Telefonnummern nennen, und Sie müßten sich die Mühe machen, sich selber reihum zu erkundigen. Kann sein, Sie finden sofort etwas – aber es ist Hochsaison, und da kann's schon auch sein, daß Sie erst beim zehnten Mal oder gar kein Glück haben.« – »So? Tja, wenn's so ist ... Adressen und Telefonnummern wären immerhin besser als nichts«, meinte ich. »Damit hätten Sie mir schon sehr geholfen.« –

Ein neuer Kunde trat an die Theke und wandte sich an die windschnittige Kollegin. Ich spickte kurz hinüber und empfand Erleichterung darüber, daß deren Aufmerksamkeit auf die Weise in Anspruch genommen wurde. Seitdem ich vorhin von ihr abgeschwenkt war, hatte ich mich bisher immer ein wenig irritiert gefühlt, weil sie alles hören mußte, was wir sprachen und vor allem – und deswegen störte mich ja das Erste – weil ich mir ihr gegenüber seltsamerweise wie ertappt vorkam. Meine Augen glitten zurück und begegneten dem Blick meiner »Auserwählten«. Sie senkte die Lider, und ihr Mund presste sich, ohne sein Lächeln zu verlieren, leicht zusammen. »Wissen Sie«, sagte sie schließlich und hob das Kinn, »das Beste wäre, Sie gingen auf das Fremdenverkehrsamt, die haben Benachrichtigungen von Hotels und Pensionen und können Ihnen Auskunft geben, ob und wo noch Zimmer frei sind. Ab vier Uhr ist dort zwar Feierabend, wenn Sie sich aber beeilen, reicht es Ihnen noch. Das wär doch viel einfacher für Sie, als selbst lange herumfragen zu müssen ... und falls Sie, ich weiß ja nicht, kein Glück haben, kommen Sie einfach nochmals vorbei – denn *alle* freien Zimmer sind dort sicher nicht gemeldet – und ich gebe Ihnen dann ein paar Telefonnummern ... ja?« –

Ich war damit einverstanden, sie erklärte mir den Weg – das Fremdenverkehrsamt lag nahe beim Bahnhof –, fragte zuletzt, ob ich wohl hinfinden werde, ich memorierte ihre Angaben, »Na bestens«, sagte sie und fügte an: »Und im Notfall wissen Sie ja den Weg zurück«; ich bedankte mich – »Ist gern geschehen, auf Wiedersehn«, entgegnete sie – »Auf Wiedersehn«, sagte ich ebenfalls und ging hinaus. Noch auf den ersten Metern stand es für mich fest, daß ich zurückkehren würde.

Draußen fiel mir außerdem ein, daß ich sie hätte bitten können – hätte bitten *sollen*, meine schwere Tasche einstweilen deponieren zu dürfen; um so zwingender wäre ich berechtigt gewesen, wieder vorzusprechen. Doch einerlei, ich würde mir auf jeden Fall einen Grund zur Rückkehr verschaffen. – Und *ebendiese* erfolgte nach ungefähr einer halben Stunde. Als ich mich dem Reisebüro erneut näherte, sprach ich dem dicken Kioskbetreiber im Stillen meinen Dank aus. Ohne die drei Glas von seinem Wundertrunk hätte ich kaum je gewagt, das Vorhaben auszuführen: Vorzugeben nämlich, daß man auf dem Amt mir keine Hilfe habe anbieten können. Tatsächlich hatte ich dort, nachdem mir nach freundlichem Empfang sogleich ein Werbeprospekt über den Ort mit Straßenplan in die Hand gedrückt worden war, die Namen lediglich dreier Hotels erfahren, von denen Meldungen über noch freie Zimmer vorlagen; eines davon war dasjenige am Bahnhof. Dort wollte ich nun wahrlich nicht landen, sollte selbst *Sie* es mir nennen. Dies häßliche, schäbige Haus an einer Hauptstraße stand als eine Unterkunft für Ferientage, so kurz mein Aufenthalt auch dauern mochte, völlig außerhalb jeder Erwägung. Ich überlegte mir indessen, ob ich sie nicht trotzdem wegen des zweifelhaften Rufes, den mir der Dicke angedeutet hatte, fragen sollte. Im Amt hatte man darüber kein Wort verloren, und in einem Gedankensprung sagte ich zu mir: Wenn es doch halbwegs stimmte, was er gefaselt hatte, würde alles, was sich, seitdem ich ihn verlassen, angebahnt hatte, zum Guten führen. In dieser Verbindung bestand mein einziges Interesse an dem Hotel, hinein wollte ich ganz gewiß nicht. Freilich erkundigte ich mich genausowenig bei den zwei andern Hotels. Es zu tun, wäre immerhin kein Fehler gewesen, um dadurch wenigstens alle Möglichkeiten, die sich für ein Zimmer boten, ausgeschöpft zu haben. Denn der Tag neigte sich, was die erfolgreiche Suche nach einer Bettstatt anlangte, merklich dem Ende zu. Und schließlich hätte ich auf ihren Vorschlag, mich noch einmal an sie zu wenden, selbst bei einem positiven Suchergebnis eingehen können.

Allein, es widerstrebte mir aus irgendeinem Grunde die Aussicht, ihr dann nicht mehr nur das, daß ich nichts Entscheidendes wegen eines Zimmers unternommen hatte, verschweigen zu müssen, sondern vielmehr die Tatsache, daß ich in Wahrheit aller derartigen Sorgen bereits enthoben war. Oder ich müßte in diesem Fall, wenn solch eine List mir ihr gegenüber als ein zu unsauberer Trick erschien, ihr gestehen, was der wirkliche Grund meines Wiederkommens wäre. Dazu fehlte mir schlichtweg der Mut. Und als Ausweg aus dem Dilemma hielt ich daher den Kniff, den ich anwandte – das heißt von Hotels mit freien Zimmern zwar zu wissen, doch über keins von diesen Zimmern zu verfügen, so daß ich also immer noch eines benötigte und die Frage nach weiteren Möglichkeiten für eine Unterkunft nicht gänzlich zwecklos geschähe – für einigermaßen vertretbar. Zumindest hielt ich ihn dafür in meiner weiterhin angeschnäpselten Laune, die mich den etwas verqueren Plan erst zurechtlegen ließ. Heute frage ich mich, warum ich damals nicht einfach ein Weilchen in dem Städtchen umhergebummelt bin – ohne überhaupt das Fremdenverkehrsamt aufzusuchen – und danach eben zurückkehrte zu ihr. Vielleicht hatte mir die Vorstellung, wieder vor sie treten zu müssen mit dem Bewußtsein, rein gar nichts unternommen, ja *ihren* Rat geradezu in den Wind geschlagen zu haben, in ähnlicher Weise mißfallen wie der Gedanke, trotz schon gesicherter Bleibe sie nochmals um Hilfe zu bitten.

Wieviel Unklarheit hierbei auch immer bestehen mochte, eines war mir jenseits aller Zweifel klar: daß ich zu ihr zurück, mit ihr sprechen, sie sehen wollte. Und fehlte mir der Mut, ihr *das* zu sagen, so wollte ich wenigstens in einem Hotel, einem Gasthof, den *sie* mir bezeichnete, wohnen. Zudem würde ein zweites Gespräch, das wir – in noch unbestimmtem Sinne – nicht mehr als einander Unbekannte führten, eine engere Verbindung zwischen uns knüpfen und mir im Folgenden Gelegenheit geben, sie anzusprechen, etwa um mich für ihre große Mühe zu bedanken, wenn wir uns später irgendwo im Ort begegnen sollten. Darauf hoffte ich – daß dies in zwei, drei Tagen durchaus geschehen konnte, dafür war das Städtchen klein genug.

‚Hoffentlich ist sie frei', dachte ich, bevor ich eintrat. Sie war es und blickte mir entgegen. Auch ihre beiden Kolleginnen hatten niemanden zu bedienen und schauten auf, und alle drei gaben sich, so schien mir, mit den Augen ein Zeichen. Wie im Kiosk dachte ich für einen Moment: ‚Warum ist bloß keine Kundschaft da?' – wiewohl ich zugleich darüber erleichtert war, denn andernfalls – man kennt die Tücke des Objekts – wäre bestimmt gerade sie besetzt gewesen. »Na so was, nichts gefunden?«, rief sie mir zu. – ‚Jetzt gilt es', mahnte ich mich, trat vollends heran und antwortete: »Leider nein« (und wußte, das *leider* war gelogen, und daß es so war, beglückte mich). – Nach einer kurzen Pause, in der ich mich setzte, fuhr ich fort: »Das heißt, *ein* Hotel konnte man mir nennen ...«– »Eines nur?«, wunderte sie sich. – »Ja, leider«, kam es möglichst harmlos von mir (und das Glücksgefühl durchwärmte mich erneut). – »Das ist wirklich nicht toll, wie?« Sie lächelte, den Kopf ein wenig zur Seite geneigt. »Welches war es denn?«, fragte sie und setzte hinzu: »Und sicher war's eine Falschinformation, sonst wären Sie garantiert nicht wieder hier.«– Das klang wie Vermutung und Frage. Sie sah mich an. Jetzt spürte ich ein Unbehagen. Warum wollte sie es so genau wissen? Damit erinnerte sie mich viel zu sehr daran, daß ich sie beschwindelte, nicht nur mit einem harmlosen *Leider*, das nicht zutraf, sondern mit dieser ganzen Kulissenstellerei aus Gleichgültigkeit, hinter der sich das genaue Gegenteil verbarg. Ich wollte sie nicht anschwindeln, sie war so bezaubernd. Ich war weit nüchterner geworden – das glaubte ich –, sie indes so hübsch geblieben wie zuvor. Noch immer ließ sie mich an einen Wiesensommertag denken. Ich wollte ihr die Wahrheit sagen – und es ging nicht, noch nicht. Warum mußte sie mich daran so sehr erinnern.

»Ja, vielmehr nein«, antwortete ich. »Das Hotel am Bahnhof war's. Aber dort habe ich gleich gar nicht nachgefragt. Bin daran vorbeigegangen, ohne es zu betreten. Das Haus gefiel mir überhaupt nicht. Dann lieber kein Zimmer und zur Not weiterfahren ...« – »Kann ich verstehen, es sieht wirklich trostlos aus«, erwiderte sie. »Außerdem hat es nicht gerade den besten Ruf; wundert mich, daß die vom Fremdenverkehrsamt ...«

(Mein Orakelspruch war gefallen, ich atmete auf und dachte, mit ihr wäre ich überall gerne; unterdessen sprach sie weiter:) »... besonders für einen Ferienaufenthalt. Was aber, wenn es tatsächlich die einzige Möglichkeit war? Und wenn die auf dem Amt dieses Haus erwähnen, muß es in deren Augen wirklich die allerletzte Möglichkeit gewesen sein ... Wollen Sie dann wirklich wieder abreisen?« – Das war mein Stichwort, um die Kulissen unverfänglich einen Spalt weit beiseite zu schieben: »Damit ich's *nicht* muß, bin ich hier; ich vertraue ganz auf mein Glück bei Ihnen«, sagte ich. – »Bei mir?« – »Nun, daß eins von *Ihren* Hotels mir ein Zimmer beschert.« – »*Meinen* Hotels?« – »Ja doch. Die, die Sie mir nennen können.« – »Aha. Na, dann wollen wir mal schauen, ob ich zur Glücksfee tauge – und hoffen, daß unser Fremdenverkehrsamt schlecht informiert war.«

Sie nahm einen Zettel und schrieb eine Anzahl Namen von Hotels und Gasthöfen und die Telefonnummern auf. Anschließend schob sie das Blatt zu mir, beugte sich näher und unterstrich einen der Namen. »Hier«, sagte sie, »die ,Rose'. Da hat schon ein paarmal Besuch von mir übernachtet und war immer recht zufrieden. Einfach und preiswert, aber ganz annehmbar; und vor allem ein gutes Frühstück. Ja, ich glaub schon, ich kann's empfehlen. Für ein paar Tage bestimmt. Dumm, daß es so kurzfristig sein muß ...« – Ihr Gesicht war meinem so nah, während sie redete. Ich spürte die Wärme und wußte während der paar Worte nicht, wohin mit den Augen. Ihre sich bewegenden Lippen zogen sie an, und wenn ich sie auf das Papier zu richten versuchte, liefen sie sogleich ihren Arm entlang; und der Ansatz ihres Kleides, das die Schultern und die weite Partie unterm Hals unbedeckt ließ und dessen buntes Muster den warm getönten Schimmer der Haut hervorhob, blieb sowieso immerzu im Bereich meines Blicks. Als sie schwieg, schaute ich gerade wieder auf ihren Mund, sah die Lippen sich schließen und geschlossen bleiben, leicht und weich berührten sich die beiden feinen Wölbungen, und ich wünschte, diese Berührung, die sie sich einander gönnten, dürfte mein Mund mit ihnen teilen, und wußte dabei, ich müßte jetzt etwas entgegnen und meine Augen von dort lösen. Und ich blickte auf und sagte: »Dann werde ich es auf alle Fälle da zuerst probieren« – und sah, wie sie mich anschaute. Den Ausdruck ihres Gesichts nahm ich nicht wahr, ihn zu beschreiben wäre mir, soviel ich mich besinnen wollte, unmöglich, sah allein ihre Augen, groß und hell, grün-golden, die in meine trafen und in schnellen kurzen Bewegungen den Tanz des Schauens vollführten, und bemerkte zwischen ihnen, über die Nase hin, die leichten Sommersprossen. »Wenn Sie es mir empfehlen«, hörte ich meine Stimme, »*kann* es gar nicht schlecht sein, und ganz sicher finde ich dort ein Zimmer ... Es wäre mir jedenfalls dort am liebsten.« –

Wenig später hatte ich das Reisebüro verlassen. Nun müsse ich mich so allmählich aber sputen, meinte ich, sonst sei ich noch gezwungen, die Nacht hier, hinter ihrer Theke zu verbringen – obwohl da von Zwang eigentlich keine Rede wäre. Diese Worte kamen ganz unbedacht, und danach hatte ich es wirklich eilig, mich zu erheben. Denn wenn ich noch länger zögerte, müßte ich – das wurde mir deutlich – ihr alles gestehen. Und nicht mehr hielt mich davon ab, daß es noch zu früh wäre, weil wir uns zu flüchtig erst kannten. Es war die plötzliche Bangigkeit davor, daß sie die Regungen meines Herzens, dies: daß sie mir zu Herzen gegangen war, in irgendeiner Weise abfällig aufnehmen oder einfach gar übergehen könnte. Es handelte sich um einen Rückzug in die Möglichkeit; so blieb alles noch zu hoffen.

Trotz aller Eile nun – als ich aufstand, durchfuhr mich der Wunsch, sie möchte etwas, das meiner Hoffnung Nahrung gäbe, sagen. »Ja, es ist doch schon recht spät«, sagte sie. – ‚Ach, Floskeln, keine Floskeln bitte’, dachte ich und versetzte: »Sie bringen mir bestimmt Glück.« – ‚Wiederholung’, dachte ich gleich darauf, ‚Ähnliches war schon vorhin.’ – Ich stand vor der Theke, ich mußte mich verabschieden, mußte mich umdrehen, konnte mich nicht länger mehr aufhalten, schließlich gab es keinen Grund mehr dafür. »Vielen Dank für Ihre Geduld«, sagte ich und fand, es klinge furchtbar hölzern. ‚Und von ihr, kommt von ihr nichts?’, fragte ich im Stillen und sagte: »Auf Wiedersehen.« – »Wiedersehen«, kam es von ihr. – Wie ein seelenloses Echo klang es mir, und ich setzte an zur Bewegung, die mich von ihr abwenden würde. »Und wenn Sie Erfolg gehabt haben, dann lassen Sie's mich doch wissen, besonders wenn in der ,Rose' – es würde mich wirklich interessieren«, sagte sie. – Ein Gong tönte in mir. Das war es; mein Wunsch, er war erhört. »Gerne, ja«, antwortete ich, »auf Wiedersehn.« – »Wiedersehn«, kam es von ihr, und es klang mir ganz anders als eben.

In der ,Rose' war ein Zimmer frei. Der Gasthof – ein zweistöckiger Bau, vermutlich um die Jahrhundertwende errichtet, dunkelgrün verputzt und im Giebelfeld mit Fachwerk versehen – lag außerhalb des Zentrums, an der Einmündung zu der Straße, die ortseinwärts an jenem Hotel beim Bahnhof vorüberführte. Ein asphaltierter Platz trennte das Haus von ihr. Ein Teil dieser Fläche wurde von ein paar Pflanzencontainern, deren Bewachsung zusammen das Rudiment einer Ligusterhecke bildete, eingefaßt und diente als Terrasse für die Wirtschaft; Tische und Stühle standen dort. Das Zimmer im zweiten Stock, das ich erhielt, erwies sich als ziemlich schmal, und die Einrichtung bestand aus einem Schrank und einem kleinen Tisch mit Stuhl an der einen Längswand sowie auf der anderen Seite dem Bett, gleich am Fenster, und, näher zur Tür hin, einem Waschbecken. Die Aussicht ging auf ein kümmerliches Rasenstück hinter dem Haus und, daran anschließend, auf Lagerschuppen und flache Fabrikgebäude; wahrscheinlich stellte die Gegend das Industrie- und Gewerbegebiet des Ortes dar. Äußerlich betrachtet, entsprach die Unterkunft fast so wenig meinen Vorstellungen eines Ferienaufenthaltes wie das Bahnhofshotel, mit dem es die Straße gemeinsam hatte. In einem allerdings unterschied es sich sehr: *Sie* hatte mir dieses Haus empfohlen, und das sprach bei allen Mängeln, die es geben mochte, allemal für sein Renommee. Außerdem war das Frühstück – ebenfalls von ihr gelobt – noch abzuwarten. ,Ein gutes Frühstück', ermunterte ich mich, als ich, auf dem Bett hockend, den Schlauch von Zimmer musterte, ,ein gutes Frühstück macht vieles wieder wett.' –

Etwas später dann, nachdem ich mich auf der Terrasse niedergelassen, eine Radlermaß, von der Wirtin persönlich serviert, vor mir auf dem Tisch stehen und ein, zwei tüchtige Schluck davon getrunken hatte, fühlte ich mich, jegliche Beanstandung beiseite schiebend, äußerst wohl. Die mächtige Roßkastanie, die luftigen Schatten spendete und die ich bei der Ankunft bewußt gar nicht wahrgenommen – obgleich sie unmöglich zu übersehen war –, verlieh der Terrasse doch eine behagliche Atmosphäre; die Straße verlief ein gutes Stück entfernter, als es zuerst den Anschein gehabt; die Ligusterzweige streuten freundlich grünen Schimmer in den Blick; und die drei, vier Autos, die dahinter parkten, standen mit abgewendeten Auspuffrohren, so daß man nicht vergiftet werden würde, wenn jemand wegführe. Dazu schien die Sonne, das abendliche Licht verlieh allem Glanz, ein leichtes Lüftchen wehte hin und wieder, es war angenehm warm; ich konnte dasitzen und alle viere von mir strecken, die Seele baumeln lassen, an einen schönen Tag durfte ich zurückdenken, vor allem an einen schönen Nachmittag; ich hatte etwas, um über andere zu schmunzeln, nämlich den dicken, rotköpfigen Kauz im Kiosk; ich hatte etwas, um über mich selbst zu schmunzeln, mein Gebanntsein durch den Wunderschnaps nämlich; ich konnte mich beglückwünschen, daß ich gerade diese Type als Erstes gefragt hatte, weil der Mann einen vernünftigen Rat zu geben nicht fähig gewesen war und so mich auf den Weg zu *ihr* geschickt hatte; ich durfte mich an *Sie* erinnern, mich ein bißchen wundern, wie sie mir Herzklopfen machte, und weit mehr noch mich darüber freuen, denn die Erinnerung und das Gefühl, das sie hervorrief, konnte ich mit einer lieblichen Aussicht auf morgen verbinden – »Kommen Sie doch wieder«, hatte sie gesagt; »Ich warte darauf«, hatten ihre Worte *bedeutet* – konnte Phantasien daran anknüpfen, deren farbige, duftende Blumen auf dem Boden des Möglichen wuchsen, durfte den Namen meines, *ihres*, Hotels als gutes Omen auffassen, wodurch es, das *Sie* mir ans Herz gelegt und wo ich, ohne erst lange suchen zu müssen, eine Bleibe gefunden hatte, noch mehr gewann, und konnte an dem aufregenden Gedanken fortspinnen, daß sie vielleicht in der Nachbarschaft wohne (wegen ihrer Besuche, die sie hier untergebracht hatte) und daß sie vielleicht, vielleicht – ganz abwegig war's doch nicht – vorbeikomme, und sei es auch bloß auf dem Heimweg von der Arbeit (es war gerade um die Zeit); konnte die Gedanken an diese mögliche Begegnung mir ausschmücken – was beim mittlerweile bereits zweiten Glas geschah – und konnte mir überlegen, wie sie wohl heiße, und mich ein klein wenig ärgern, daß ich nicht einmal ihren Nachnamen wußte, nicht besser auf das Namensschild geachtet hatte, das, wie mir einfiel, vor ihr gestanden ...– Still hier sitzen, nochmals den Krug mir füllen lassen und träumen, was wollte ich denn mehr? Ja, was wollte ich mehr? Das: Sie *unbedingt* heute noch wiedersehen; nicht bloß möglicherweise, indem ich hier in der, nüchtern betrachtet, sehr vagen und je länger desto ungewisseren Hoffnung wartete, daß sie in der Nähe ihre Wohnung habe und daß ihr Weg sie eventuell dann hier, wo ich jetzt saß, vorüberführe. Nein: *Sie, heute, unbedingt* – wie ein Wind flog dieses Verlangen mich an und scheuchte mich auf und trieb mich hinein in den Ort.

Auf dem Weg schwirrte Verwegenes mir durch den Sinn. Der Gasthof besaß einen Hintereingang, durch den man ihn verlassen und betreten konnte, ohne die Gaststube, die zugleich als Rezeption diente, durchqueren zu müssen. Die Wirtin selbst hatte mich darauf hingewiesen, im Fall, daß ich erst später in der Nacht zurückkehrte. Denn es gab keinen Nachtportier, weswegen ich meinen Zimmerschlüssel, der zugleich in das Schloß der hinteren Haustüre paßte, mitnehmen mußte. Nur eben das Abschließen sollte ich, bitteschön, nicht vergessen.– Das gefiel mir, da konnte man ja ... das forderte geradezu ... solch eine Gelegenheit ... und ich führte *Sie* die Treppe hinauf, pst, leise sein, leise, und in meine Kammer, wie gut, daß ich dich getroffen habe – ja, weißt du, mir geht es genauso – nur wegen dir, du, hab ich hierher fahren müssen – und wie gut, daß du eigentlich an der falschen Stelle nach einem Zimmer gefragt hast – und daß ich *die Richtige* aber gefragt habe – siehst du, und in *meinem* Hotel bist du, ich hab dir *doch* Glück gebracht – ja, und du bist bei mir, mit dir hätte mir auch das Hotel dort am Bahnhof gefallen – aber hier ist es besser – viel besser, du bist ja *hier*, gib mir Kuß, ich will dich küssen...– Zweifellos, die drei Radlermaß zeitigten Wirkung; deren Verdünnung war – und bestimmt gutgemeint – auch ziemlich gering ausgefallen, und ich hatte noch immer nichts weiter im Magen.

Im Städtchen aß ich erst einmal etwas; am Ende war mir, bei allen betörenden Gaukeleien, sehr flau zumute geworden. Indes, zum Nachtmahl genehmigte ich mir einen neuerlichen Trunk, obwohl ich spürte, daß der Alkoholpegel an einer Grenzmarke angelangt war. Als flüssiger Bestandteil des Essens mochte es immerhin gerade noch angehen, doch jeder Schluck darüberhinaus würde zur Überflutung führen. Das wurde mir klar, als ich die ersten paar Mal am Wein genippt hatte; und auch das, daß bereits hier die Gefahr lauerte, den Grenzwert, der noch vertretbar war, mit einem ,Was soll's' schließlich zu überschreiten, alles bessere Wissen zuletzt in den Wind zu schlagen und, was der Damm gerade noch so trockenhielt, mutwillig zu überschwemmen. Und genauso geschah es dann.

Mit steigender Nacht tauchte ich in eine zwanghafte Atmosphäre ein, was ich freilich, solange ich in ihr umhertrieb, durchaus nicht wahrhaben mochte. Im Nachhinein ist es mir offensichtlich, daß ich mich des Ganges in den Ort an diesem Abend am besten enthalten hätte – gleichwohl ohne selbst nachträglich ein Rezept zu wissen, wie im Gasthof der Abend zu verbringen, *herumzubringen* gewesen wäre. Dort hätte ich aller Wahrscheinlichkeit nach ebenfalls noch etwas getrunken, schon aus Langeweile – vielmehr nicht deswegen, sondern weil ich auch dort andauernd an *Sie* hätte denken müssen und kaum imstande gewesen wäre, meine Aufmerksamkeit einem anderen Gegenstand, etwa einem der beiden Bücher, die ich im Gepäck hatte, zuzuwenden. Und wie nun hätte ich es aushalten sollen, dazusitzen und an sie zu denken und die Möglichkeit, ihr unter Umständen im Ort, in einem Lokal zum Beispiel, zu begegnen, sie wenigstens mit Augen zu sehen, auszulassen – eine Möglichkeit, mit der doch weit eher zu rechnen war, als daß sie sich unter den Kastanienbaum verirren würde. Wie hätte ich das ertragen sollen ohne weiteres Bier oder einen Wein? Und wie hätte ich dabei, obschon brav im Hotel geblieben, das Maß einhalten sollen, das davor bewahrt, daß träumerisches Entschweben in den Himmel der Phantasie umschlägt in Absturz und Untergang, wenn plötzlich dunkle Wolken der Traurigkeit sich ballen, in der grund- und haltlosen Weite jenes Himmels, ihn verfinstern und ihre Schleusen öffnen ...? Der einzige Vorteil, wenn ich das Hotel nicht verlassen hätte, wäre vielleicht also der gewesen, mich frühzeitg ins Bett flüchten und die Decke über den Kopf ziehen zu können. Aber was hätte mich im Bett und noch so tief unter der Decke vergraben vor den Gedanken an sie und an die vielleicht versäumte Chance geschützt; was hätte mich Ruhe und Schlaf finden lassen? Am Ende hätte ich diese Gedanken, damit sie mich in Frieden ließen, doch zu ertränken versucht. Es will mir heute fast scheinen, daß der nächste Tag nur gerettet worden wäre, wenn ich *Sie* für ein paar Stunden ganz aus meinen Gedanken hätte verbannen können. Das aber lag damals außerhalb meiner Kraft.

Eine zwanghafte Atmosphäre, schrieb ich, hüllte mich ein. Ich stellte mir vor, wie schön es wäre, sie unter all den Leuten zu entdecken – und fand sie nirgends. Und je länger ich sie nicht fand, um so erbitterter und bitterer wurde der Wunsch, sie heute noch wissen zu lassen, daß ich in *ihrem* Hotel untergekommen sei. Und je mehr ich mich in diesen Wunsch verrannte, um so weniger vermochte ich davon, nach ihr Ausschau zu halten, abzulassen – wie widersinnig es immer auch war. Diese Einsicht blitzte durchaus einige Male in mir auf, allein sie machte alles bloß schlimmer. Denn daß darin, *sie* zu suchen, ein Widersinn liegen sollte, nachdem durch die Begegnung mit ihr der Tag doch gekrönt worden und der tiefere Sinn meines Entschlusses, an den See zu fahren, offenbar geworden war: das bedeutete einen ungeheuerlichen Gedanken, ein Gedanken-*Ungeheuer*, dem alle Kraft entgegengesetzt werden mußte. Oh, und ich kämpfte dagegen an, stürzte mich in die Fluten, aus denen das Ungeheuer aufgetaucht war, drückte sein scheußliches Haupt wieder und wieder hinab, so oft es empordrängte, und suchte zugleich die Insel mit dem verlorenen Schatz in diesem Meer, durch das ich schwamm, aufzuspüren, und immer aufs neue fiel es mich an und wollte mich hinunterziehen, aber ich widerstand ihm – und widerstand in Wahrheit allen Versuchen, mich an festes Land zu retten. Ziemlich erschlagen kehrte ich endlich zurück. Todmüd sank ich ins Bett und befand mich in einer dermaßen überreizten Verfassung, daß der ersehnte Schlaf dennoch bestenfalls als ein achterbahnartig unruhiges Dahindämmern zu mir kam.

Der Morgen wurde dementsprechend schrecklich, zeigte eine scheußlichere Fratze als alle Nachtmare zusammen – deren Kind allerdings, wenn man so will, er war. Recht früh, da ich es im Bett nicht länger mehr aushielt, schleppte ich mich zum Frühstück in die Gaststube. Zwei, drei Personen befanden sich im Raum, denen ich weiter keine Beachtung schenkte. Durch die großen Fenster, die links und rechts der Eingangstüre die Wand durchbrachen, glänzte der asphaltierte Vorplatz wie Silber in der Morgensonne. Ich setzte mich möglichst weitab von den anwesenden Gästen und den Fenstern und so, daß mir weder die einen noch die andern in den Blick gerieten, was heißt, daß ich allem den Rücken zukehrte und, wenn ich die Augen hob, den dunkelsten Winkel des ganzen Raums vor mir sah, wo die dunkle, halbhohe Holzvertäfelung der Wand beinahe schwarz erschien. Das war gerade die richtige Aussicht für mich.

Die Wirtin trat heran und gab sich familiär, was mir im Moment wenig behagte. »So, guten Morgen. Schon ausgeschlafen? Mir scheint, es ist ein bißchen spät geworden«, sagte sie schmunzelnd und blinzelte mir verständnisvoll zu. »Da frag ich erst gar nicht lang und bring gleich einen Kaffee, gell? Ein starker Kaffee wirkt Wunder, am besten schwarz *und* mit etwas Zitrone.« – Ein Wunder brauchte ich in der Tat. Ich fühlte mich erbärmlich. Wie sollte ich, wenn es so bliebe, den Tag überstehen? Die Wirtin kam zurück. »Daß Sie aber so früh wieder auf sind«, sagte sie, als sie das kleine Tablett mit Kaffeekanne und Tasse auf den Tisch stellte. – Beide verzierte ein rötliches Blumenmuster, das mich an irgendetwas – ich kam nicht gleich darauf – erinnerte. »Sie hätten doch ausschlafen können, sind doch auf Urlaub hier«, sprach sie weiter. – Soviel Teilnahme durfte ich nicht einfach schweigend übergehen. Mühsam klaubte ich in meinem verödeten Sinn ein paar Sinn machende Worte zusammen: »Ach wissen Sie, etwas spät war's schon, und außerdem, die erste Nacht an einem fremden Ort schlafe ich leider nie sonderlich gut.« – »Das Bett war aber in Ordnung?«, fragte sie besorgt. – Wie war das Bett gewesen? Ich hatte keine Ahnung. »Aber ja«, sagte ich. »Daran lag's bestimmt nicht.« (,Wie wahr', dachte ich, ,wie wahr.') – Ein erleichterter Seufzer ertönte, und mit sich selber völlig guter Dinge ermunterte sie mich: »Dann trinken Sie nur mal Ihren Kaffee. Das übrige Frühstück kommt sofort.« –

Sie entfernte sich. Ich schenkte mir ein, preßte die halbe Zitronenscheibe aus, blies über die dampfende Flüssigkeit und nahm einen ersten vorsichtigen Schluck. Der Kaffee war sehr heiß oder vermutlich waren meine Lippen an diesem Morgen besonders empfindlich. Trotzdem tat schon die geringe Menge, die ich in den Magen hinunterrinnen spürte, mir wohl. Es war, als werde der ganze Körper davon durchwärmt; als dehnten und weiteten sich all die bisher zusammengezogenen, zusammengekrampften Gefäße und Fasern; als beginne nun wieder das Blut einigermaßen richtig zu zirkulieren. Diese Empfindung verstärkte sich mit dem zweiten Schluck, der, nach nochmaligem Pusten, größer ausfiel und gleich einem warmen Regen in mir niederging. Danach schwächte die Reaktion sich merklich ab, wiewohl sich jeder weitere Schluck – weniger wegen des Geschmacks als eben wegen der Wärme und der (in Grenzen) belebenden Wirkung – als eine Köstlichkeit erwies. Von den eßbaren Dingen, die aufgetischt wurden, kann ich das hingegen nicht behaupten. Leider, denn unter anderen Umständen wären sie mir wie Sendboten aus dem Schlaraffenland vorgekommen: Ein hartgekochtes Ei, Schwarzbrot und Brötchen, Schinken, Aufschnitt aus dreierlei Wurstsorten und eine Mettwurst dazu, mehrere Scheiben harter und eine Ecke weicher Käse, zwei Schälchen Marmelade: Erdbeer und Aprikose, sodann Honig und reichlich Butter, deren Menge unzweifelhaft anzeigte, daß man ungeniert seinen Appetit befriedigen und alles aufessen dürfe. »Lassen Sie sich's recht schmecken«, sagte denn auch die Wirtin.– Unglücklicherweise war es um *meinen* Appetit sehr schlecht bestellt, und anstatt mir angesichts eines solch üppigen Frühstücktisches das Wasser im Munde zusammenlief, fürchtete ich vielmehr, es würde mein Magen als eine Art Springquell alles, was man ihm Gutes tun wollte, heftig von sich weisen. Ich zwang mich dennoch, ein halbes Honigbrötchen, reichlich von Kaffee umspült, mir einzuverleiben. Sonst allerdings ging beim besten Willen nichts, und ich mußte, halb ärgerlich, halb amüsiert über die Situation, daran denken, wie *Sie* im Reisebüro das Frühstock gelobt und ich das Lob mit Vergnügen vernommen hatte. Das brachte mich darauf, woran mich das Muster des Geschirrs erinnerte: an *Sie* natürlich, an ihr Sommerblumenkleid, an das Sommerwiesenbild, das sie in mir hervorgerufen hatte. Und ich sah sie vor mir sitzen – und sofort drängte sich die ganze fatale Nacht mir wieder auf. Wegen dieser Nacht fühlte ich mich so erbärmlich, und das bedeutet wegen – *ihr*. Oder nicht wegen ihr, sondern wegen *meiner eigenen Torheit*. Aber die hatte in *ihr* den Grund. Also lag es doch an ihr – obwohl keine Schuld sie traf. Schuld war nur, daß *ich Sie* getroffen hatte. Aber, was hieß hier *Schuld*? Welch verkehrter Ausdruck. Es war doch ein Glück gewesen, und ich war selber schuld, wenn ich der Glücksverheißung des Nachmittags eine verunglückte Nacht und einen mißratenen Beginn des neuen Tages folgen ließ, weil ich vorzeitig etwas hatte erzwingen wollen, was am heutigen Tag, einfach indem die Zeit bis zur richtigen Stunde vergehen würde, sowieso seine Fortsetzung finden sollte.

Seine Fortsetzung ... Von etwas anderem als dem Kaffee wurde mir siedend heiß. »Lassen Sie's mich wissen, ob Sie Erfolg gehabt haben« – ich hörte ihre Worte wieder, diese Aufforderung wiederzukommen: ihr Einverständnis zu einer zweiten Begegnung. *Heute.* Heute sollte es ja sein. In meiner jetzigen schlappen Verfassung, der auch der Kaffee letztendlich vergebens auf die Sprünge zu helfen versuchte, und mit diesen Kopfschmerzen – die mich mit einemmal plagten –, mit den tränenden Augen, die sich am liebsten allem um sie herum verschlossen hätten, konnte ich keinen Blumentopf bei ihr, geschweige denn ein noch so kleines Stück ihres Herzens gewinnen. Ich mußte mich unbedingt ein, zwei Stunden nochmals aufs Ohr legen, in der Hoffnung, es möge daraus eine wirkliche Ruhephase werden, deren erfrischende Wirkung dann wenigstens so lange, bis ich bei ihr gewesen, vorhielte.

Ich erhob mich und ließ das aufwendige Frühstück beinahe unangerührt zurück. Die Wirtin erschien hinter der Theke. »Hat's geschmeckt?«, fragte sie gutmütig und ahnungslos. – Was ihr antworten? Man sah ihr an, daß die schlaraffische Art, mit der morgens die Gäste versorgt wurden, ihren Stolz ausmachte; und zu flunkern war unmöglich, spätestens beim Abräumen wurde mein Frevel entdeckt. »Es tut mir so leid um die leckeren Sachen«, begann ich, und sie – ein Kopf kleiner als ich – weitete die Augen und reckte den Hals, als wolle sie voll böser Ahnung an mir vorbei zum Tisch blicken. Vorsichtig fuhr ich fort: »Irgendwie muß ich mir gestern den Magen verdorben haben. Wahrscheinlich beim Abendessen – ich hätte doch besser hier essen sollen. Dann hätte ich jetzt auch das Frühstück wie's ihm gebührte genießen können, so feine Sachen …«– »Ja wie«, rief sie aus, »haben Sie etwa mein Frühstück stehnlassen?« – Mich zog es ins Bett. Gleichzeitig fühlte ich mich gedrängt, zuerst die Frau zu beschwichtigen; »*mein*« hatte sie gesagt, *ihr* Frühstück war es, das sie *ihrem* Gast großzügig bescherte, und tief hatte sie, was ich ihr eröffnete, getroffen, Unheil konnte von ihr, deren Leckerbissen verschmäht worden waren, drohen. »So ziemlich, leider«, gestand ich zerknirscht. »Mein Magen, ich traue ihm gar nicht. Aber der Kaffee war köstlich und hat mir tatsächlich ausnehmend gut getan. Und jetzt werde ich mich noch einmal ein bißchen hinlegen. Sie haben nämlich recht, ich bin wirklich zu früh aufgestanden. Vielleicht beruhigt sich derweil mein Magen auch, und wenn später noch etwas übrig ist, von der Wurst, dem Käse …«– Schon die Worte verursachten in mir einen Brechreiz. Die Wirtin hingegen sah mich nun halb lächelnd, halb bedauernd an. »Wie schade«, sagte sie; wobei offen blieb, ob es sich auf das zurückgewiesene Frühstück oder auf mein Malheur bezog. Anschließend fragte sie: »Wo haben Sie denn gegessen? Oder … haben Sie vielleicht ein bisselchen zuviel getrunken?« Sie drohte scherzhaft mit dem Finger. »Einerlei, wissen Sie was, ich geb Ihnen eine Kohletablette. Das hilft. Warten Sie.« – Sie entschwand und erschien gleich darauf mit einem Glas Wasser wieder, in dem es schwarz schon sprudelte. »Solche Dinge, auch Aspirin, hab ich immer griffbereit, man braucht's doch öfters«, erklärte sie, als ich das Glas entgegennahm. – Ich dankte und trank es auf einen Zug aus. Mein Beschwichtigungsversuch hatte offenbar auf der ganzen Linie Erfolg gehabt. ,Jetzt wird sich auch alles Weitere zum Guten wenden', dachte ich und war froh, mich endlich zurückziehen zu können, um mich einigermaßen für das Treffen mit meiner Schönen aus dem Reisebüro instandzusetzen. Nur eines mußte ich vorher noch wissen. Ich gab der Wirtin das Glas zurück. »So, und jetzt ein wenig Ruhe, und ich bin nachher wieder fit.« – »Das machen Sie mal«, erwiderte sie freundlich und wollte in die Gaststube hinein. – Da fragte ich: »Ach, sagen Sie, wie lange haben denn hier im Ort die Läden heute auf?« – »Die Läden? Heute, am Samstag? So bis zwei, manche auch bloß bis um eins«, gab sie zur Antwort und fügte an: »Aber legen Sie sich vor allem erst einmal wieder hin. Das erscheint mir wichtiger, Sie schauen ja ganz bleich aus.« – »Ja, da haben Sie recht«, pflichtete ich ihr bei, fluchte indessen innerlich und wünschte die vergangene Nacht zum Teufel. – Dann bat ich noch um eine Flasche Mineralwasser, mein Hals war so trocken, und ging hinauf.

Ich nahm mir vor, kurz nach zwölf das Haus zu verlassen. Es war zwar wahrscheinlich, daß das Reisebüro, mitten im Zentrum in der Fußgängerzone gelegen, bis vierzehn Uhr geöffnet hatte, dennoch, das Risiko (und sei es noch so gering), zu spät zu kommen, wollte ich keinesfalls eingehen. *Einen* Fehler hatte ich bereits gemacht, ein zweiter durfte nicht geschehen. Bis zwölf Uhr blieben noch etwa drei Stunden, kostbare Zeit für mich, um einen Teil des fehlenden Schlafs nachzuholen und den Kopf klarer zu bekommen. Es mußte einfach gelingen. Vorsichtshalber stellte ich rasch den Reisewecker, so konnte ich unbesorgt und entspannt Morpheus' Armen mich entgegensinken lassen. ,Viel lieber sänke ich in ihre Arme', dachte ich, als ich mich niederlegte. ,Aber wer weiß, und es folgt eins aus dem andern – das wäre schön.'– Ich schloß die Augen, und merkte, *wie* müde ich war. Ein Schauer lief über die Lider, über Schläfen und Stirn, wie ein Brennen und zugleich wie ein besänftigendes Streicheln. Von solch einer doppelten Art waren auch die Gedanken, die Bilder, dir in mir aufstiegen: Schmerzlich die Erinnerung an die törichte Nacht, ohne noch Einzelheiten, wo genau und womit ich sie herumgebracht hatte, zu wissen; ein Strudeln aus Fetzen wogte mir durch den Sinn, kreiste und kreiste, gleich wie diese Nacht selber einen sinnlos kreisenden Strudel gebildet hatte, der zu keinem Ziel mich führte. Im Gegenteil, von ihm wieder ausgespuckt, an das Ufer des neuen Tages verschlagen, mußte ich erkennen, wie weit ich von meinen erwünschten Ziel abgetrieben war und wie groß die Gefahr, es nicht mehr zu erreichen. Das war es, was mich peinigte.

Doch darin hineinvermischt funkelte und glitzerte der Gedanke, daß noch Zeit bestand, den Fehler zu korrigieren; daß er – Glück im Unglück – früh genug passiert war; daß das Ziel trotz allem noch, *gerade noch*, erreichbar vor mir lag. Diese Vorstellung schenkte Trost und Zuversicht, und auf einmal erfüllte mich die Erkenntnis, wie sehr die Möglichkeit, *Sie* zu verfehlen, mich erschreckte, mit tiefer Freude. ‚Sie', dachte ich, *Sie* ...' – und mir fiel wieder ein, daß ich das Schild an ihrem Platz nicht aufmerksam genug beachtet hatte und ihren Namen nicht wußte. Dann aber fiel mir ein, daß darauf wohl sowieso nur ihr Nachname gestanden hätte. Ihren *Vor*namen wollte ich wissen, ihren wirklichen Namen, ihn wollte ich nennen, wie ein Ave Maria ihn mir vorsagen, mit ihrem Namen wollte ich an sie denken – und konnte es nicht, wußte nicht einmal den, der auf dem Schild zu lesen war, Frau XY ... ‚Sie', dachte ich, ‚Sie ...' – und sah sie vor mir und wünschte, einen Sommertag mit ihr zu verbringen, und dachte an die Nacht, in der ich sie gesucht hatte, auf solch unsinnige Weise, und daran, daß ich sie heute wiedersehen durfte, daß ich bloß hätte abzuwarten brauchen, daß ich – schlafen mußte, schlafen ... Und schlief nicht, konnte nicht einschlafen, drehte mich hin und her und fand keine Ruhe, war so müde und trotzdem noch immer wach. Ich blickte auf den Wecker, bereits eine halbe Stunde der kostbaren Zeit war verstrichen. ‚Nicht denken‘, dachte ich – und dachte an *Sie*. ‚Nicht denken‘, befahl ich mir, legte mich wieder zurück und kehrte mich zur Wand. ‚Nicht denken, nicht denken. Auch nicht an *Sie*. An nichts ... nicht denken ...‘ –

Es gab ein böses Erwachen. Der Wecker schrillte, ich schlug die Augen auf, lag immer noch (oder wieder?) mit dem Gesicht zur Wand, und wartete – so unvermittelt aus dem Schlaf gerissen zu benommen, mich sofort zu rühren – bis das Läutwerk verstummte. Es machte einen durchdringenden Lärm, der mich voll und ganz zur Besinnung brachte. Nun setzte ich mich auf, streckte, lustvoll mich dehnend, die Arme über den Kopf und wandte mich um. Die Zeiger des Weckers standen auf fünf Minuten vor drei. Träumte ich noch, quälte mich ein Alptraum? Wie sehr ich mir das wünschen mochte, es wurde keiner daraus, es war und blieb schlimmste Wirklichkeit, ich war aufgewacht und es war mitten am Nachmittag. Nicht fünf vor zwölf mehr – längst schon hatte sich der Untergang vollzogen. Und was alles verschlimmerte: Ich fühlte mich frisch, die Kopfschmerzen hatten aufgehört, ebenso das Brennen der Augen, das unangenehm flaue Gefühl im Magen war verschwunden, nur Hunger verspürte ich und Durst. Wie leicht vermochte man *dem* abzuhelfen. Für das andere jedoch, für die Entscheidung um Sein oder Nichtsein, kam jede Hilfe zu spät. Ich fühlte mich frisch und ausgeruht. Wofür?

Was blieb mir noch zu tun? Ich wußte es nicht. Leere füllte mich aus – um mit einem Paradoxon meinen Zustand zu fassen versuchen. Von dem kurzen, und doch allzu langen, Schlaf neu und nutzlos gestärkt, fühlte ich mich wie ein aufgeblasener Luftballon, der trotz seiner glatten und glänzenden Oberfläche, die ihn so voll und prall aussehen läßt, nichts weiter als Luft enthält, aus nichts weiter fast als Luft besteht; der bloß fähig ist, auf und nieder zu schweben, doch einzig, wenn man ihn anstößt – und nicht einmal dann wenigstens rasch und geradewegs auf ein Ziel zurollen oder -springen kann wie ein Ball immerhin; und der, wenn ein derartiger Anstoß fehlt, bloß daliegt, ohne indes die Stelle aus eigenem Vermögen eingenommen zu haben und ohne auch auf ihr sich jemals festsetzen zu können, da der geringste Hauch ihn weitertreiben wird; und dessen ganze, ihm selbst innewohnende Kraft sich darauf beschränkt, die große Leere, die von seiner Oberfläche so prall und glänzend umhüllt wird, auszuhalten und von ihrem Druck nicht zu einem Nichts auseinandergerissen zu werden.

Ich stand auf, wozu ein plötzlicher Abscheu vor dem Bett den Anstoß gab, und zog mich an. Anschließend aber saß ich nur da, saß auf der Bettkante und starrte in die Luft, ins Leere. Ich trank den Rest des Mineralwassers aus, wozu mein Durst mich trieb, und saß und starrte wieder wie zuvor. Ich erhob mich, weil der Magen knurrte und mir flüchtig der Gedanke kam, etwas zu essen. Ich trat an das Fenster und sah blicklos hinaus. Und wandte mich ab und setzte mich wieder. Ich nahm den Wecker in die Hand, schaute auf die Zeiger. Ich ließ ihn sinken und schaute vor mich hin ... Bis ich es nicht länger aushielt. Ich platzte. Ein Knallen, ein Scheppern, der Wecker zersprang am Boden, und ich sprang auf. Was tun? In nichts zerstoben war der Luftballon meiner Träumerei. Doch *ich* war noch da, und es mußte jetzt etwas geschehen. Meine erste Regung war, zusammenzupacken und weiterzufahren, von hier zu verschwinden, wie diese Fata Morgana sich verflüchtigt hatte. Dann freilich zögerte ich: Hatte ich denn wegen *ihr* den Abstecher an den See unternommen? Nein. Von ihr hatte ich überhaupt keine Ahnung gehabt. Was also war anders geworden? Der See, die Landschaft, die Erinnerungen, die sich damit verknüpften, das blieb alles dasselbe, ob mit ihr, ob ohne sie.

Ich beschloß dazubleiben, um wenigstens morgen, am Sonntag, noch einen richtigen Sommertag am See zu verbringen. Der heutige Tag war ja schon mehr als zur Hälfte vorüber, und die Laune war mir – auch wenn im Grunde mein Aufenthalt hier mit ihr, mit dieser Reisekauffrau, nichts zu schaffen hatte – doch gründlich verdorben. ‚Sie hat mir den Tag verdorben, *Sie*‘, dachte ich. Und dachte, wie schön es hätte werden können, wie gut, wie vielversprechend alles angefangen hatte – mit *ihr* ... Konnte ich nicht trotzdem in den Ort und nach ihr Ausschau halten? Konnte ich nicht hier in der Gegend um den Gasthof umherstreifen?

Hier in der Nähe mußte sie schließlich wohnen, *ihr* Hotel war es ja, *ihre* Besuche hatte sie in ihm übernachten lassen.

Einen Moment lang schien diese Möglichkeit mir zwingend, sogleich aber fiel mir ein, was gestern sich daraus entwickelt hatte: Der Gang würde auch heute nur als ein ähnlicher Mißerfolg enden ... Doch es *mußte* etwas geschehen, mußte *jetzt* etwas geschehen. Mein Magen meldete sich aufs neue knurrend. Diesmal überzeugte er mich. Das war genau das richtige: zu essen und Leib und Seele wieder zusammenzufügen. Und später, später würde ich an den See gehen, ein Boot mieten und hinausrudern. Derlei Dinge hatte ich zu unternehmen vorgehabt. Dafür war heute noch Zeit. Der Tag war noch keineswegs völlig verdorben. Ich kickte die Ruine des Weckers unter das Bett, und für eine Sekunde blitzte in mir lustvoll die Vorstellung auf, daß sie es gewesen sei. ,*Sie* ...', dachte ich.

III

»Jetzt schauen Sie aber viel besser wieder aus als heute morgen«, meinte die Wirtin, als ich fragte, ob wohl etwas zum Vespern vorhanden sei. – »Ich fühl mich auch besser.« Das antwortete ich tatsächlich, es entfuhr mir einfach als die selbstverständliche Erwiderung auf ihre Worte; außerdem stimmte es zu einem Teil. Ich war schließlich frisch und munter. Und ich empfand, nachdem ich es gesagt hatte, sogar eine gewisse Belustigung über dieses Mißverhältnis zwischen meinem körperlichen und meinem, nennen wir es: seelischen Befinden, deren unterschiedliche Beschaffenheit durch denselben, unvorhergesehen langen Zusatzschlummer hervorgerufen worden war.

Dann, als ich am Tisch saß – unwillkürlich an ebendem wie am Morgen, indessen jetzt mit Blick auf die großen Fenster beidseits der Eingangstür – und mir mit Appetit die Wurst und den Käse schmecken ließ, stellte ich fest, daß meine Seele offenbar gar nicht so sehr litt. ‚Warum eigentlich auch?‘, fragte ich mich und schnitt mir die Hälfte einer dicken Grützwurstscheibe ab. Sie war delikat. Kauend schaute ich mich um. Außer mir befand sich augenblicklich niemand im Raum; eine anheimelnd dämmrige Beleuchtung erfüllte ihn, der Asphaltplatz vor den Fenstern wurde diagonal vom Schatten, den das Haus warf, geteilt, dahinter glänzte alles desto heller im nachmittäglichen Licht. Es lockte mich nach draußen. Nein, der Tag war noch keineswegs verloren, ich freute mich auf die Ruderpartie nachher auf dem See. ‚Es wäre zwar hübsch gewesen, sie – diese Reisekauffrau und ich, wenn wir zusammen hätten hinausrudern können. Ja ... es ist schon irgendwie schade ...‘, dachte ich. ‚Aber auch ohne sie, der See, *der See bleibt doch derselbe*‘ – das wiederholte ich mir und lud ein paar Rädchen der frischen Schinkenwurst aufs Brot.

Eine Bedienung trat herein, die ich gestern nirgends bemerkt hatte, ein dralles Mädchen mit rundlichem, fröhlichem Gesicht und rosig überhauchten Backen. Sie trug einen Stapel blau-weißer Tücher im Arm und machte sich daran, die Tische für den Abendbetrieb herzurichten, beginnend an der rechten äußeren Reihe und dort am unteren Ende. »Schmeckt es Ihnen?«, fragte sie. – »Sehr, danke. Wirklich ganz hervorragend«, versetzte ich, und sie strahlte über ihr Rotbäckchen-Gesicht, als habe sie selbst die Wurst hergestellt. – Man konnte sie sich auch ohne weiteres, ohne daß sie nun dick gewesen wäre, in einer Metzgerei vorstellen. ,Na, sie ist doch ebenfalls recht nett anzuschauen', sagte ich zu mir.– Die Assoziation eines Sommertages, von blühender Wiese, hohem Himmel darüber, einer Atmosphäre heiterer, wie schwebender und doch so lebendig strömender Fülle rief sie zwar nicht hervor, gleichwohl, der Gedanke an eine Kahnpartie mit ihr besaß ebenso verführerischen Reiz wie – aber was sollten Vergleiche, nein, eine Kahnpartie mit ihr, der Bedienung, das wäre gewiß hübsch, so ging es mir durch den Sinn. Ich griff nach einem der Bauernbratwürstchen, tunkte es in den Senf und aß versonnen langsam weiter, sah teils über die Tische hinweg zum Fenster hinaus, teils ihr bei der Arbeit zu, die sich von dorther, Tischtücher ausbreitend und sie mit Hingabe glattstreichend, näherte; und manchmal blickte sie dabei herüber zu mir. Als sie mit der ersten Reihe fertig war und an der mittleren anlangte, am Nebentisch, den von meinem der Laufgang von der Eingangstür zur Theke trennte, da fragte ich: »Sagen Sie bitte, wo gibt es denn am See hier einen Bootsverleih?« – und biß von der Griebenwurst ab und kaute genüßlich. Nein, den Tag mußte man wahrhaftig noch nicht verloren geben. – Sie hatte sich in halb gebückter Stellung umgewandt und strahlte (etwas verhaltener) auch jetzt; ein fideles, lebenslustiges Ding schien sie zu sein. »Ein Bootsverleih? Ja, unten gleich beim Bahnhof ist einer, einfach über den Fußgängersteg rüber.« – »Aha.« – »Ja, und beim Strandbad, weiter draußen auf der Halbinsel, ist noch einer.« – »So, aber auch gleich beim Bahnhof gibt es einen. Das ist gut.« –

Sie war zum nächsten Tisch gewechselt, legte mit Schwung, daß es wie ein weißes Segel sich bauschte, das Tischtuch auf und schaute wieder zu mir. »Wenn Sie einfach mal so mit dem Boot fahren wollen, ist der

Verleih beim Bahnhof sicher günstiger«, sagte sie dann, das Tischtuch glattstreichend, wobei sie den Tisch umrundete, bis sie wieder mit dem Rücken zu mir stand. »Der beim Strandbad«, fuhr sie dann, über die Schulter blickend, fort, »der ist vor allem eben dafür da, wenn man sowieso draußen ist.« – »Ist's dort schön, zum Baden meine ich?«, fragte ich sie und legte mir nun von dem einen Hartkäse, einem Greyerzer, eine Scheibe aufs Brot. – ‚Sie ist wirklich auch ganz nett‘, dachte ich. – Sie kam währenddessen schon wieder zum nächsten Tisch und legte, wie zuvor, das Tischtuch auf. »Ich geh sommers jedenfalls so oft ich kann hin«, sagte sie. »Morgen auch, morgen hab ich nämlich frei.« – Wieder ging sie um den Tisch. Ihre Beine besaßen stramme Waden und waren trotzdem keine Stampfer zu nennen, stellte ich fest. Aber wenig gebräunt waren sie. »Hoffentlich muß ich dann morgen nicht verhungern«, warf ich ein. – »Ei je, die Gäste, die Hotelgäste, kriegen doch immer was. Außerdem hat die Chefin morgen eine Vertretung für mich. Wie lang wollen Sie denn bleiben?« – »Morgen auf alle Fälle noch … Montag – weiß ich noch nicht. Dieses Jahr waren Sie wohl noch nicht so oft beim Baden?« – Erneut war sie einen Tisch weiter, und nach diesem würde sie sich der Reihe, in der ich am oberen Ende saß, zuwenden. Das ging mir durch den Sinn, als ich sie da unten bei den Fenstern sah, mit dem Rücken zu mir über den Tisch gebeugt und den Stoff glattstreichend. »Warum?«, tönte es von ihr verwundert. Und gleich darauf kichernd: »Ach, Sie meinen, weil ich nicht einmal, wo man's sehen könnte, braungebrannt bin, wie?« Sie drehte sich um. »Ich kriege so schnell Sonnenbrand«, sagte sie lustig. »Drum crem ich mich immer tüchtig ein und liege viel lieber im Schatten.« –

Sie wechselte die Reihe schräg zum untersten Tisch dort und entfaltete ein neues Tuch. »Ist auch viel gesünder für die Haut«, sprach sie weiter. Der helle Stoff bauschte sich. »Dann bleibt sie nämlich viel länger fein und zart, überall«, hörte ich sie, und mit leicht seitlich geneigtem Kopf warf sie mir einen koketten Blick zu. – ‚Wahrhaftig, sie ist reizend‘, dachte ich und schob ein Stück von dem Bergkäse in den Mund. – Sie strich wieder glatt. »Oder gefällt's Ihnen so richtig braungebrannt besser?«, fragte sie mit irgendwie schnippischem Unterton. – Ich erinnerte mich an die windschnittige, weißblonde Frau im Reisebüro. »Nicht unbedingt«, gab ich Antwort. »Es kommt ganz darauf an, wer es ist. Manchmal ist eine hellere Tönung viel schöner, viel reizvoller.« – ‚Sie ...‘, dachte es in mir, und zu der anderen sagte ich: »Ihnen steht es wirklich gut, finde ich.« – Sie wandte sich um und lächelte mich an und kam einen Tisch näher zu mir. Sie legte die restlichen Tücher auf einen Stuhl, nahm eines hoch und faltete es auf. »Nein, nein, ich war heuer schon oft draußen«, sagte sie. »Meist mit ein paar Freundinnen. Und wenn man freie Sicht hat auf die Berge und dann hinausschwimmt in den See, das ist herrlich, viel schöner, find ich, als am Meer.«– Schon war die Decke über den Tisch gebreitet, und als sie die Falten ausstrich, bewegte sie sich dieses Mal so um den Tisch, daß sie mich die ganze Zeit im Blick hatte. »Das glaub ich gerne«, antwortete ich und griff die letzte Schnitte Bergkäse. »Gestern waren Sie aber nicht hier?«, machte ich einen Gedankensprung. – »Gestern? O nein. Da hatte ich mir freigenommen. Mein Bruder hat geheiratet.« – »Und Sie?«, fragte ich kauend. »Ich meine, keinen Freund? Keinen, der mitgeht zum Baden?« – »Mm, nn-nein, keinen festen«, sagte sie mit gesenkten Augen, und kam gleich darauf einen weiteren Tisch näher; noch einer stand zwischen diesem und meinem. »Und was ist mit Ihnen?«, klang es von ihr. – »Ich? Frei und ungebunden. Ich suche noch.« – ‚Sie‘, dachte es wieder in mir, und ich sagte: »Aber hier, scheint mir, gibt's schon ein paar Nette.« – Das Tischtuch bauschte sich. »So, so, ein paar gleich«, neckte sie. »Und mit einer davon möchten Sie wohl gern eine romantische Bootsfahrt machen.« Sie kicherte leicht und kehrte sich ab und beugte sich über den Tisch. – ‚Jetzt, frag sie‘, dachte ich, ‚frag, ob sie nicht mitfahren will ... Ach, halt, heute hat sie doch keine Zeit‘, fiel mir ein. ‚Egal, frag für morgen, lad sie für morgen ein. Jetzt ist *die* Gelegenheit ...« – »Nein«, erwiderte ich, »ich fahre ganz allein nachher. Was denken Sie denn, ich bin ja erst seit gestern abend hier.« – Sie trat an den Tisch unmittelbar vor meinem. »Ei, wer weiß, Sie waren ja lange aus gestern Nacht.« – »Na, woher wissen *Sie* denn das«, machte ich nach außenhin scherzhaft drohend und fühlte indessen eine leichte Aufwallung wirklichen Ärgers. – »Oh, entschuldigen Sie, die Chefin ...« Sie verstummte, anscheinend hatte sie es gespürt. Sie strich das Tuch glatt, ging dabei langsam um den Tisch herum, bis sie schließlich erneut mit dem Gesicht in meiner Richtung stand, aber mit gesenktem Kopf. Sie verweilte länger als bisher bei diesem Geschäft und schwieg währenddessen. Dann, als es wirklich nichts mehr zu glätten gab, fragte sie, durch den Schleier der Wimpern mich anblickend: »Wissen Sie schon ... was – machen Sie denn morgen?« – ‚Auf, lade sie endlich ein‘, rief ich mir zu – und antwortete ausweichend: »Mal sehn. Ich weiß noch nicht genau.« Und plötzlich war ich dieses verbergenden Redewechsels überdrüssig. Doch wie die Umhüllung durchbrechen? *Wollte* ich das überhaupt noch?

»Ja, so«, sagte sie, etwas zerstreut wirkend. – Sie trat an den Tisch, an dem ich saß (und den nur eine provisorische Papierauflage an meinem Platz bedeckte). Sie legte das noch zusammengepackte Tischtuch auf eine freie Ecke, nahm es, so daß es sich am Knick halb entfaltete, hoch, ließ es wieder sinken und stützte sich mit beiden Händen auf, ohne zu beachten, daß der Stoff davon zerknüllte, obwohl sie auf ebendiese Stelle die Augen gerichtet hielt. In der Tat, sie hatte Charme; in der aufwallenden Verwirrung, die sie merken ließ, um so mehr. Daß sie ein wenig mollig war, erhöhte bloß ihren Reiz. Die weiße Kleidung hob die rosige Frische ihrer Haut hervor. Dieser Schimmer rührte sicherlich von den Badestunden am See her. Nein, sie war nicht blaß, das sah ich jetzt. Die gleichsam sonnige Helle der Haut paßte doch viel besser als ein tiefes Braun zu der im Lichtdunst verglänzenden Weite des Sees, wie es oft an heißen Tagen war (ein Bild, das sich mir seit den ersten Ferienzeiten eingeprägt hatte). Einzig die sommerliche Atmosphäre der Landschaft rings um seine Ufer spiegelte sie nicht in allem wider. Die blühenden Wiesen, die gelb und golden sich färbenden Getreidefelder, die roten Dächer der Häuser im Grün; die hohe, gleißende Wölbung des weißrauchenden Himmels oder die weißen, sich bauchenden Wolken im tiefen seidigen Blau – das ja, aber nicht das Flimmern der Luft, wenn sie vor Hitze kochte, nicht

Glanz und Glut der Sonne selber, nicht das Fluidum der Weinberge, in denen der glutflüssige Sonnennektar sich in den Beeren sammelte. Das fehlte an ihrer Erscheinung, es fehlte die goldene, wärmere Tönung, eine gewisse Dunkelheit, die alles Licht desto intensiver leuchten machte und die nicht allein von den duftig blauschattigen Bergen in der Ferne sprach, sondern auch von deren jäh sich auftürmenden Felsstürzen, schartig und gefährlich schön, wie man sie an manchen Tagen, wenn sie ganz nah an den See herangerückt schienen, sehen konnte.

»Vespern Sie ruhig zu Ende«, hörte ich die Bedienung, »ich leg das Tuch hier auf den Stuhl und richte zuerst alles übrige.«– »Oh, eigentlich bin ich schon fertig«, sagte ich hastig. »Machen Sie nur.« – »Ja? Dann räum ich erst einmal ab.«– Sie kam an meinen Platz. »War's gut?«, fragte sie und beugte sich neben mir herunter, um das Geschirr zusammenzustellen. – Ich verspürte einen Widerwillen. Dabei, sie war wirklich nett und hübsch. »Ja, es hat geschmeckt, danke«, sagte ich und stand auf. – Sie warf mir von unten einen Blick zu, gar nicht strahlend. »Viel Spaß beim Bootfahren«, sagte sie. – »Bestimmt. Es ist ja so schön draußen, besonders jetzt gegen den Abend.« – Sie richtete sich auf und stand mit dem Geschirr in Händen direkt vor mir. Sie war beinahe so groß wie ich, und blaue, hellblaue Augen hatte sie. »Hoffentlich bleibt's morgen genauso schön, zum Baden«, sagte sie, senkte die Augen, und hob sie sofort wieder. »Vielleicht treffen wir uns.« – Nun war ich es, der zu Boden schaute. »Mal sehn«, wich ich erneut aus. »Aber jetzt, ich muß – und ich will Sie auch nicht weiter von der Arbeit abhalten.« – Ich ging an ihr vorbei und entfernte mich. An der Tür zur Treppe hielt ich einen Augenblick nochmals an. Mein Aufbruch erschien mir zu brüsk abweisend. Es gab schließlich keinerlei Grund, ihr etwas übelzunehmen. »Bis heute abend«, verabschiedete ich mich. – Sie hatte sich wieder ihrem Geschäft zugewendet. »Schon recht«, sagte sie, ohne aufzublicken. – ‚Sie ist von mir enttäuscht‘, dachte ich. ‚Und eine Hübsche wär sie ja. Aber ...‘

Aber es drängte mich, endlich aus dem Haus zu kommen. Draußen war es heiß, es ging auf fünf Uhr zu, die Steine der Häuser, das Pflaster der

Gehwege, der Asphalt strahlten all die Wärme, mit der sie sich im Laufe des Tages vollgesogen hatten und weiterhin vollsogen, an die Umgebung ab und steigerten die Wirkung der Sonne, die vom weißlichen Himmel niederglühte. Der Luft eignete beinahe eine körperliche Konsistenz, die verlockte, sich wie daran anzulehnen; die sich nicht den Sinnen drük- kend auflegte (denn es war eine trockene Hitze), vielmehr nur in einer leichten, wohligen Trägheit einherwandeln machte. Als ich zum Bahnhof hin meinen Weg nahm, erinnerte ich mich, wie ich gestern ungefähr um dieselbe Stunde der ‚Rose' zugestrebt war, *ihrem Hotel* – und dann sah ich sie selbst wieder vor mir, die auf diesen Weg mich gebracht hatte. ‚Schade ist es doch, daß so gar nichts daraus wurde', dachte ich. Gleich im Anschluß wiegelte ich ab: ‚Ach was, vermutlich wäre es eh nichts mit uns geworden. Was hätte überhaupt werden sollen? Und was halt ich mich damit noch auf, es ist doch müßig, dem, was hätte sein können – *vielleicht* hätte sein können und jedenfalls gar nicht gewesen ist – nachzutrauern. Vorbei ist vorbei – ist vorbei wie die Möglichkeit gerade eben. *Da* habe ich nichts verratzt und verschlafen – und wollte trotzdem nicht. Sie war nett, aber in irgendeiner Weise mich ihr gegenüber verpflichten ...? Um und über den See will ich doch schweifen, ganz nach meinem Belieben ... Möglicherweise war dann, daß ich zu spät aufgewacht bin, sogar eine unbewußte Schutzmaßnahme, sozusagen, weil ich mich gestern abend schon ziemlich verrückt habe machen lassen – der Schnaps, es war allein die Schuld dieser Schnäpse auf nüchternen Magen und in dieser Hitze ... Ja, eine Schutzmaßnahme, damit ich heute und morgen tun kann, was ich eigentlich will, und niemandem, *niemandem* etwas schuldig bin ...' – solcherart liefen meine Gedanken. Und was ich *eigentlich* wollte, stand für mich in diesem Moment vollkommen fest: Eine Ruderpartie den See entlang unternehmen. Und in den Abend hinein dünkte sie mich von besonderem Reiz, wenn alles ringsumher immer klarer hervorträte, die Nähe wie die Ferne, wenn das Grün und das Blau, die funkelnden Reflexe im Wasser, das Weiß und Rot der Häuser in der Beleuchtung der schräger fallenden Strahlen an Intensität gewönnen, wenn die Fel-

senwände der Berge allmählich ein lichtes warmes Braun annähmen und
so freundlich und ihre Gipfel wie mit wenig Mühe zu ersteigen schienen.
Und die Luft so wohlig, in samtene Wärme sich wandelnd, durchweht
von sanfter Kühlung des Sees ... –

,Hätte ich sie nicht doch besser fragen sollen?', ging es mir durch den
Kopf, und sofort widersprechend: ,Noch lieber wäre mir, wenn schon,
dann die andere gewesen – – *Sie* ...', dachte ich. – Indessen, das war vorbei,
aus und vorbei und nichtig geworden. Und so, wie sich alles entwickelt
hatte, war es für das, was ich wollte, wirklich viel günstiger. Auf jeden
Fall war der Tag noch ganz und gar nicht verdorben. Von wegen. Daß
ich, im Gegensatz zu heute morgen, mich nun ausgeschlafen und frisch
und durch das leckere Vesper außerdem satt und neu gekräftigt fühlte,
konnte nur gut sein.

Auf dem hohen, metallenen Steg, der am Bahnhof vorbei über die
Gleisanlagen führte, glänzte mir die Wasserfläche entgegen. Seit gestern
bereits hielt ich mich hier auf, und jetzt sah ich zum erstenmal den Grund
für die Veränderung meines ursprünglichen Reisevorhabens, sah endlich
den Zauberspiegel blinken, der mich unsichtbar von fern zu sich gezogen,
mich von der ursprünglichen Richtung abgelockt hatte; der mich von
ferne schon, ohne daß ich ihn noch von Angesicht sehen konnte, einen
Blick in sich hatte werfen lassen, einen Blick durch die Zeit in die Kin-
derferientage, wo mir, wie es mir scheinen wollte – in einer plötzlichen
tiefen Empfindung, als ich vor jenem Fahrplan stand, die ich jetzt im
nachhinein erst mit Worten zu benennen versuche – wo mir das Leben
am vollsten gegrünt und geblüht, am lebendigsten und unmittelbarsten
zu mir gesprochen und mich erfüllt hatte. Diese Empfindung kam mir
auch auf dem Steg wieder, obgleich ich nicht einmal einen sonderlich
großen Ausschnitt des Sees von meinem Standort vor Augen hatte. Als
ein relativ schmaler, hellschimmernder Streifen über der Allee, die mir
voraus querhin sich reihte, und als ein ungewisses Blitzen zwischen ihren Stämmen zeigte er sich. Dennoch dachte ich: ,Endlich' – wie ich
es ähnlich damals als Kind, wenn auf der Fahrt an den See er von der

Höhe zum ersten Mal von weitem sichtbar gewesen war, gefühlt hatte. Über dem hellen Streifen erblickte man das jenseitige Ufer. Rechts außen überschnitt von diesem ein näher liegender Teil das nach links sich fortsetzende, blassere und bläulichere Band des entfernteren Landes. Und von dort, wo die Erhebung in anmutigem Schwung sich zum Wasser hinabzusenken begann, leuchtete ein weißer Fleck herüber. ‚Ein Gebäude vermutlich', sagte ich mir und dachte: ‚Da zu wohnen, da ein Haus zu haben, beinahe wie im Paradies müßte man sich vorkommen.' – Und ich beschloß, am nächsten Tag hinzufahren.

Dann schweifte mein Blick umher, wandte sich dem Bahnhof zu und blieb an dem Kiosk hängen. Ihn wollte ich lieber nicht betreten haben, seufzte ich innerlich. Die Schnapslaune, in die ich durch den Dicken geraten war, hatte mir mit den Folgen, die sie zeitigte – so hinterhältig erfreulichen Folgen am Anfang –, den ersten Abend gründlich vermasselt. ‚Hätte ich in nüchterner Verfassung das Reisebüro betreten, wäre es niemals so weit gekommen', hielt ich mir vor. ‚Um eine ganz normale Angestellte, eine Reisekauffrau wie viele, hätte es sich bei ihr gehandelt, die ich um nichts weiter als einen Rat in Sachen Hotelzimmer gebeten haben würde. Ja, voraussichtlich wäre ich ohnehin bei ihrer Kollegin geblieben, die mich als Erste begrüßt hatte und schon bereit gewesen war, mir Auskunft zu geben; hätte sie nicht derart unhöflich von einer Sekunde zur andern sitzen lassen, ohne ein Wort der Entschuldigung, bloß weil eine zweite Angestellte, die bis dahin keinerlei Notiz von mir genommen, unvermutet – und mit Sicherheit nicht einmal wegen mir als Kunden – aufgeschaut hatte.' Als ich zu ihr hin abschwenkte, hatte ich sie überdies noch gar nicht richtig gesehen, noch gar nicht bewußt wahrzunehmen vermocht, wie hübsch sie sich – zugegebenermaßen – am Ende entpuppen würde. Es war zunächst ein mehr oder weniger flüchtiger Blick aus den Augenwinkeln gewesen, ungenau und ungewiß, der mir genausogut – oder etwa nicht? – ein falsches Geflimmer hätte vorgaukeln können. Also traf die Schuld den Schnaps, der hatte mich vor sie hin gespült. ‚Sie', dachte ich, *Sie* ...', und: ‚Schön wär's immerhin gewesen', ging es mir durch den Sinn. Und ich schüttelte den Kopf: ‚Was hätte denn sein sollen. Als ob gerade ich die Sehnsucht ihres Wartens ausgemacht hätte.' Und mir klang es in den Ohren: »Lassen Sie es mich wissen, ob Sie Erfolg gehabt haben...« – das hatte sie gesagt, ‚*Sie* ...' –

Jemand trat aus dem Kiosk heraus. *Er* war es, der Dicke. Er pflanzte sich breitbeinig und schwankend vor dem Eingang auf, die Hände in den Rücken gestemmt, und drückte den Bauch, den ein weißes Hemd prall überspannte, nach vorn. Rot leuchtete sein glänzendes Gesicht, ein blödes Grinsen verzog den Mund. Dann warf er die Arme in die Höhe. »Jajajajaja«, ertönte es, und er schaute, schien mir, geradewegs zu mir herauf. – Da machte ich, daß ich fortkam. Von ihm wollte ich mir kein zweites Mal meine Pläne durchkreuzen lassen.

Unten am Steg fand ich eine Hinweistafel. Nach links hieß es ‚zum Strandbad'; dorthin wollte ich nicht. Über einem Pfeil nach rechts war ein Schiff dargestellt. Diesen Weg nahm ich und gelangte zu dem Bootsverleih, an einer lang und breit in das Wasser hinausgebauten Kaianlage, deren inneren Bereich Bäume umsäumten. Hier legten auch die Linien- und Ausflugsdampfer an. Daher nahm ich sogleich die Gelegenheit wahr, mich zu erkundigen, wann ein Schiff zum gegenüberliegenden Ufer, woher das helle Gebäude grüßte, abginge und wählte eine recht frühe Zeit, um möglichst ausgiebig den Tag morgen zu nutzen. Das Ruderboot dann mietete ich für die verbleibenden rund drei Stunden, bis um acht Uhr geschlossen wurde. Der Verleiher, ein nicht sonderlich großer, wiewohl stämmiger Mann mit einem verstrubbelten Schopf drahtigen grauen Haars, einem grauen, bürstenartigen Bart um Backen und Kinn, der das breite, ledrige Gesicht noch breiter wirken ließ – er war anfänglich wenig begeistert von meinem Wunsch. Mag sein, er hatte mit dem Gedanken gespielt, früher, als auf dem Schild geschrieben stand, dichtzumachen, denn es herrschte trotz des schönen Wetters, wenigstens im Moment, keinerlei Betrieb. Bei meiner Ankunft schienen an den Anlegeplätzen des Verleihs, die sich einen Plankensteg entlangreihten, alle Boote dazusein. Der Mann saß beim Kassenhäuschen neben dem Steg in einem Liegestuhl, die Hände über dem Ringelhemd in Brusthöhe gefaltet, mit nach vorn gesunkenem Kopf. Als ich zunächst ohne Erfolg mich räusperte, jetzt »Hallo« rief und endlich nochmals ein kräftiges Räuspern hören ließ, zuckte er wie erschreckt zusammen, warf den Kopf herum und blinzelte mich unter seinen Augenbrauenbüscheln hervor ein paar Sekunden verständnislos an. Kein Zweifel, er hatte geschlafen. ‚Wer weiß, wie viele Kunden er auf die Weise versäumt hat, die Schlafmütze‘, dachte ich in einer raschen Aufwallung von Schadenfreude, die mir sogleich vor meinem inneren Spiegelbild peinlich war, so daß ich rot wurde. Eher indes war anzunehmen, daß er sich aus Mangel an Kundschaft das Nickerchen gegönnt hatte. Das legten auch die Worte nahe, die ich nach einigen unartikulierten Lauten von ihm vernahm. »Aha, so, hm, kommt doch noch einer, hm, ja«, brummte er. – Als ich mein Begehren vorgebracht, starrte er, beidseits die Hände fest auf die Stuhllehnen gestützt, aufs Wasser hin. Dann spuckte er in hohem Bogen aus. »So, ein Boot also, hm, und für bis zum Schluß, so, hm«, kam es von ihm, ohne mich eines Blickes zu würdigen. – »Ja, falls es möglich wär, bis acht Uhr eben, bis Sie zumachen«, antwortete ich und dachte im Stillen: ‚Der lädt dich wenigstens garantiert zu keinem Schnaps ein.‘ – »Kostet aber die *volle* Zeit, auch wenn’s nicht mehr ganz drei Stunden sind«, erklärte er, und das nun in recht entschiedenem Ton. – Es war etwa Viertel nach fünf. Ich erklärte mich einverstanden. »Drei *ganze* Stunden, ja, hm«, äußerte er, sowohl fragend wie vorwurfsvoll als auch auf diesen Zeitraum mich verpflichtend, und nach erneuter Bestätigung meinerseits, nannte er den Preis. Ich bezahlte, er stopfte das Geld in die Hosentasche, und kaum war es darin verschwunden, kam ihm offensichtlich zu Bewußtsein, daß er doch um eine Spur freundlicher sein könnte, zumal er stillschweigend annahm, das Wechselgeld, das er hätte herausgeben müssen, sei ihm als Trinkgeld überlassen. »So, ja … schönen Dank, hm«, brachte er hervor und schaute treuherzig, so gut er’s vermochte.– ‚Meinetwegen, soll er es behalten‘, übte ich mich in heimlicher Großmut, und er fragte: »Ruderboot oder Tretboot?« – »Na, keine Frage, ein Ruderboot.« – »Ja, hm, das mein ich auch, ja« – die Andeutung eines Lächelns huschte ihm übers Gesicht. »Hm, nja, hier lang«, fuhr er fort und deutete mit einer schwingend unbestimmten Bewegung seines rechten Armes etwa in Richtung des Stegs, während er den linken – wie unschlüssig, was er mit ihm anfangen solle – hin und her pendeln ließ. »Nicht zu weit hinaus auf den See«, ermahnte er mich, das heißt, es klang mehr wie ein Befehl, war aber sicherlich als fürsorglicher Rat gemeint; und er setzte auch hinzu: »Wenn man's Rudern nicht gewohnt ist, strengt's ziemlich an, hm – und nachher hängt man draußen auf'm Wasser, hm, hm, und kommt nimmer zurück, weil man in der Strömung abdriftet, hm – oder *viel* zu spät.« – Nun ja, welch zu Herzen gehende Freundlichkeit. Gott sei Dank fuhr er nicht mit. Wie erfrischend war dagegen die Bedienung der ,Rose' gewesen. Oder *Sie* erst im Reisebüro, wieviel Mühe *Sie* sich gemacht hatte – ,Sie ...', dachte ich. – »Hier, also, das Boot«, hörte ich ihn; wir standen am Ende des Steges.

Vor meinen Augen glitzerte und schimmerte es. Leichte Wellen schwappten schmatzend an die Boote, die im sanften Schaukeltakt gegen die Pfosten des Stegs und aneinander stießen. Das Wasser zu meinen Füßen musterten schmale Riefen, die sich hoben und senkten, Sonnenreflexe flimmerten auf ihren Wölbungen. Ja, und da vor mir lag er doch, weit und offen: der See. Zu meiner Linken zog sich das Städtchen hin, schnell lockerte die Bebauung auf, immer mehr Grün mischte sich darein; rechts erstreckte sich das entferntere Ufer, bläulich überflogen, in Hügelland übergehend; nach vorn aber breitete sich alles in *einer* Fläche von Glanz und Licht, ging der See in den immer noch weißlichen, gleißenden Himmel über; nur erst als leichte, luftige Schattengebilde konnte man weit hinten die Berge erahnen; noch war das Bild der Landschaft in den lichten Hitzedunst des Tages gelöst, der ihm den Zauber von Unbegrenztheit verlieh.

Ein schleimig-rauhes Räuspern ertönte, das sich in seltsamer Metamorphose zu Worten formte: »... rrchrhmalsorchmchreinsteigen bitte, *einstei*gen.« – Überrascht wandte ich mich der Stimme zu, für einen Augenblick war ich vollkommen in das magische Bild des Sees vertieft gewesen. Ich stieg in das Boot, der Verleiher machte das Schloß der Kette los und zog sie rasselnd ein. »Ja, hm, drei Stunden also, hm, das heißt bis acht, nicht später, ja – aber auch nicht früher, nein, das muß nicht sein, muß nicht, hm, wenn schon, denn schon ...«, so verabschiedete er mich und ging polternd davon. – Ich stieß ab und tauchte die Ruder ins Wasser. Seit langem versuchte ich mich hierin zum ersten Mal wieder, der Widerstand erwies sich als stärker als erwartet. Ich ließ los und schaute auf. Für den Mann befand ich mich schon außerhalb seines Interesses, am Anfang des Steges sah ich ihn eine Kette, mit einem Schild daran, vorspannen. *Dar*um also sollte ich auch nicht früher zurückkehren: Ihm war, wie es schien, angesichts der Flaute im Betrieb der Gedanke gekommen, die Stunden ganz woanders angenehmer zu verbringen – vor allem wohl an einem Plätzchen, wo niemand unberechenbar doch noch auftauchte, um ihn in seiner Ruhe zu stören. Er war in das Kassenhäuschen getreten, ein dumpfer Laut drang mir von dort ans Ohr, kurz darauf zeigte er sich wieder, schloß die Türe ab, und ohne irgendwelche Aufmerksamkeit für das einzige Boot, das er gerade vermietet hatte, vielmehr mit einer wegwerfenden Armbewegung entfernte er sich. Vermutlich hatte er, anfangs vielleicht sogar noch Kundschaft erhoffend, den lieben langen Tag dort auf seinem Liegestuhl versessen und mehr und mehr verdöst; und möglicherweise waren stets dann, wenn die Langeweile sich endlich in träge Behaglichkeit verwandelt hatte und er selig eingenickt gewesen, vereinzelte Störenfriede, wie ich zuletzt, aufgetaucht, die ihn seinem Schlummer entrissen und daran erinnert hatten, wie öde in Wahrheit Geschäft und Tag verliefen.

Doch was ging das mich an. Jeder mußte zusehen, dachte ich, was er aus den Stunden seines Tages machte. Möchte es ihm im weiteren so ergehen wie mir und *sein* Tag ebenfalls noch zu einem guten Ende finden – diesen Wunsch schickte ich ihm gerne hinterher und begann wieder zu rudern. Diesmal klappte es sofort besser, und es bereitete mir ein freudig-erregendes Gefühl, die beiden Riemen durch den nachgiebigen Widerstand des Wassers zu ziehen und so mit der eigenen Kraft das Boot vorwärts zu treiben. Wärme strömte in alle Glieder ein, während der ersten Schläge zog ich, fest mit den Beinen mich gegenstemmend und den ganzen Oberkörper weit zurückneigend, mit aller Kraft die Holme zu mir heran, drückte sie nach unten, hob die Blätter aus den Wellen, beugte mich weit nach vorn, dabei die Riemen in gegenläufiger Bewegung steil nach hinten führend, und tauchte sie ein und zog erneut – und wiederholte mit gleichem Aufwand das Manöver und so fort ... Nach kurzem war ich außer Atem, naßgeschwitzt, und die Arme schmerzten. Dennoch war mir wohl zumute, genaugenommen jetzt erst richtig. Bisher hatte ein letzter Rest an Lethargie, ein letztes Überbleibsel der durchzechten Nacht wie ein Gummiband mich doch immer noch gehalten. Das war zerrissen, jetzt mußte ich mich nicht weiter anstrengen deswegen, konnte ohne jede Hast von nun an mit dem Boot dahinplätschern. Was ich gewollt hatte, war erreicht. Der See, dessen Stimme von fern erklungen, ich hatte ihn gefunden. Mit leichten Schlägen paddelte ich in einem Abstand von zwei-, dreihundert Metern zum Ufer gemächlich durchs Wasser. Am jenseitigen Ufer sah ich das weiße Gebäude auf dem Landvorsprung und erkannte, daß es sich um eine Kirche handelte. Also keine Wohnstatt, bloß ein Aussichtspunkt – für mich freilich genau das richtige. Ein Wohnhaus nämlich wäre mir verschlossen, seinen Garten zu betreten mir verwehrt gewesen; Kirche und Kirchhof indessen standen jedem offen, auch mir, morgen.

Da ich sehen wollte, wohin ich fuhr, setzte ich mich andersherum auf die Bank. Die veränderte Handhabung der Riemen: mich, indem ich mich nach vorn beugte, durch das Wasser *stemmen* anstatt *ziehen* zu müssen, hatte ich schnell im Griff; und weil ich sowieso keine Wettfahrt zu machen gedachte, sondern – zu keinem Ziel getrieben – gerade das Gegenteil, störte es überhaupt nicht, daß auf die Art weniger Kraft in die Bewegung des Bootes hineingelegt werden konnte. Hauptsache, ich hatte vor Augen, welchen Kurs ich steuerte. Links glitt langsam die Uferpromenade des Städtchens vorüber, das Strandbad rückte heran. Gedämpft vernahm ich das Schreien und Kreischen, sah auf der Wiese, die sich nach hinten zu unter Bäumen verlor, als bunte und helle Flecken die Badegäste; die meisten von ihnen lagen still im Gras, einige hüpften und sprangen umher, und manche wieder flitzten aus dem Wasser aufs Grün hinauf oder von dort ins Naß hinein, daß es spritzte. Im See schwankten die Köpfe der Schwimmer im leisen Wellengang; eine Plattform, etwa fünfzig Meter vom Strand entfernt verankert, war dicht bevölkert, und immerzu erklommen sie Neuankömmlinge, während andre von ihr in elegantem Hechtsprung oder als klatschende Wasserbomben zurück in die Fluten tauchten.

Morgen, sollte ich morgen nicht doch lieber zum Baden gehen, in hübscher Gesellschaft – es nicht bloß auf ein zufälliges Zusammentreffen dabei ankommen lassen, sondern von Anfang an zusammen? Ich hätte noch Zeit, überlegte ich mir, die vorhin verpaßte Gelegenheit nachher, wenn ich ins Hotel zurückkehrte, nachzuholen. Ich schwankte einige Augenblicke, sachte gewiegt in meinem Boot, ohne eine Qual der Unschlüssigkeit zu empfinden; es war der Genuß, zwei reizvollen Aussichten sich zuwenden zu können, ein Schwanken wie das müßige Wiegen in einem Schaukelstuhl. Schließlich entschied ich mich für die Wanderung um den Landvorsprung herum am See entlang, wobei ich beschloß, beide Möglichkeiten miteinander zu verbinden zu versuchen, denn ich nahm mir vor, die Bedienung zu fragen, ob sie nicht mitgehen wollte. Ein Badeplatz – und dazuhin ein ungestörterer, vor fremden Blicken besser geschützter als im Strandbad – fände sich sicherlich. Und Zeit, in aller Ruhe an solch einem Platz zu verweilen, stünde ja in Hülle und Fülle zur Verfügung.

Das Ufer wurde still, Schilf begann es zu säumen. Nicht mehr allzu weit voraus endete das Land und die glänzende Fläche des Sees dehnte sich aus. Darüber, im Licht der abwärts sinkenden Sonne, lösten sich inzwischen die Berge in der Ferne aus dem Dunst, verfestigten sich zu plastischen Formen. Ich lenkte näher ans Ufer hin, hier und da führten Wasserarme in das Schilfdickicht hinein. Sie lockten mich an. Und kaum war ich in einen dieser Kanäle eingebogen, da wandelte mich – ähnlich wie bei meiner Ankunft in dem Städtchen – die Spiellaune an, als wäre ich wieder um die zehn Jahre alt und befände mich auf einer Entdeckungsfahrt, wie ich damals, am Ufer eines anderen, viel kleineren Sees als diesem hier und an dem meine Eltern ein Wochenendhäuschen besaßen, oft welche unternommen hatte. So tat ich auch jetzt, die Wirklichkeit gestaltete sich nach meinem Sinn; der schmale Wasserlauf, durch den ich das Boot stakte, wurde zum Dschungelfluß, das schlanke Schilf zu beiden Seiten zur grünen Hölle eines Amazoniens. In lebhaftester Weise stieg diese Vorstellung in mir auf und mit ihr das Ziel, dem der Vorstoß in ein Gebiet, in welchem Stämme hausen sollten, die dem Kult des Menschopfers huldigten, galt: Von der Weißen Königin ging die Sage, sie war das geheimnisvolle und gefährliche Ziel. Ihr, die mehr im Ruf einer Göttin denn eines sterblichen Wesens stand, würde ein jeder, der unerlaubt in ihr Herrschaftsgebiet einzudringen wagte, geopfert werden. Ihren Zorn zu besänftigen, wenn durch fremde Füße der geheiligte Boden ihres Reiches entweiht worden sei, müsse jeglicher Eindringling, bei lebendigem Leibe, sein Herz verlieren – so hieß es.

Vergegenwärtige ich mir heute, da ich alles aufschreibe, die abendliche Bootsfahrt, drängt sich mir die Einsicht auf, daß mit größter Wahrscheinlichkeit ein damals kurz zuvor gelesenes Buch (das ich, nebenbei gesagt, recht albern gefunden hatte) meiner Phantasie, was die tarzanartige Urwaldkönigin anlangt, auf die Sprünge half – wodurch mir die romantische Stimmung der Erinnerung wie durch einen grell aufflammenden Scheinwerfer gestört wird. Zu jener Zeit jedoch, meine ich, dachte ich nicht an das Buch. Und vielleicht, so fällt mir ein, habe ich es doch auch um einiges später erst gelesen und projiziere die Lektüre, weil sie in gewissen, gleichwohl grimassierenden Zügen zu jener Vorstellung paßt und unseligerweise mit ihr zusammen mir in den Sinn kommt, nun viel zu weit zurück. Sei's drum – wie es damals *war*, das will ich zu erzählen versuchen.

Die Wasserrinne erwies sich als recht lang. Vielmehr sie verlief in Windungen und verengte sich bald, und die Halme und Blätter des Schilfs bildeten einen grünen Tunnel und schränkten herunterhängend nach vorn wie hinten immer stärker die Sicht ein, so daß ich schier endlos schon zu fahren und vom See entfernt zu sein glaubte, als tatsächlich (wie ein gewohnheitsmäßiger Blick auf die Uhr mir wies) sehr wenig Zeit erst verstrichen war. Dennoch, ich registrierte zwar diese äußere Zeit, blieb indessen zugleich innerhalb der dem Spiel eigenen Gesetze, und mit geschärften Sinnen lauschte und spähte ich in das Dickicht auf beiden Seiten, jeden Augenblick eines Überfalls gewärtig, denn die Grenze zu der Königin Reich lag bereits hinter mir. Keine Gegenwehr, einzig Flucht könnte mich in meinem Ausgesetztsein vor ihren Kriegern retten; und nur dann, wenn ich frühzeitig die Gefahr entdeckte, wäre eine Chance zu entkommen gegeben. Doch traten jetzt die Ufer des Flusses so nah zusammen, daß an das Gelingen einer Flucht ebensowenig mehr zu denken war. Entweder mußte ich auf der Stelle, solange ich noch unbemerkt schien, umkehren oder ich mußte mich, weiter vordringend, mit dem Gedanken vertraut machen, irgendwann erspäht *und* gefangengenommen zu werden und im Anblick der sagenhaften Weißen Königin dieses Urwalds mein Herz und Leben ihr zum Opfer bringen zu müssen...

Oh, es blieb noch eine dritte Möglichkeit, nämlich daß ich – hart am Ufer im Schutze der überhängenden Vegetation mich haltend – ein gutes Stück noch vorankommen konnte, ohne von den Wächtern ausgemacht zu werden. Denn verborgen in den grünen Schatten, war mein Boot kaum zu hören, viel weniger zu sehen. Der Fluß, so lauteten die spärlichen Nachrichten, die aus dem verwunschenen Gebiet herausgedrungen waren, höre bald von selbst auf, schiffbar zu sein, auch für kleinste Boote. Er gehe über in einen Sumpf, der allein zu Fuß auf schmalen Pfaden zu überwinden sei, und hinter diesem erst, in fruchtbarer Ebene dann, die derselbe Fluß, doch klar und hell dort den Himmel spiegelnd, durchziehe, liege schließlich ihre Burg, ihr Schloß, ihre Stadt. Der Sumpf aber, wäre man auch bisher glücklich von den Wächtern und Kriegern verschont geblieben, bilde keine geringere Gefahr als jene. Nein: ihn, der Pfade unkundig, zu durchqueren, stelle ein fast unmögliches Unterfangen dar. Versänke man nicht im bodenlosen Grund, so wären in ihm kunstvoll natürlich erscheinende Barrieren aufgerichtet, die jeden, der eigenmächtig die Grenze überschritte, in die Irre führten und ihn sich glücklich preisen ließen, wenn er wenigstens wieder halbwegs unbeschadet an der Ausgangspunkt zurückfände ...

Bestand darin die dritte Möglichkeit? Im Sumpf zu versinken oder wegverloren zu verschmachten oder nach all den vielen, nichts als vergeblichen Anstrengungen zuletzt froh zu sein, den Rückzug noch antreten zu können? Oh, wer wußte es; vielleicht, vielleicht gelänge es mir, hätte ich erst einmal den Sumpf erreicht, mich vollends durchzuschlagen; vielleicht gar war es weniger schlimm, als die Schauermären glauben machen wollten, wenn nur genügend Wagemut mein Herz erfüllte ... Dann allerdings, *wenn* er hinter mir läge, würde ich nicht spätestens in diesem Moment *sowieso* entdeckt und ergriffen werden? Natürlich würde ich. Aber warum dann – und das bildete die vierte Möglichkeit, die sich plötzlich, überzeugender als alle übrigen, mir darbot – warum dann warten; warum die Gefahr des Scheiterns herausfordern, warum, wenn nicht Untersinken im Sumpf oder Aufgabe den Sieg über mich davontragen sollten, noch länger hinauszögern, *ihr* mich auszuliefern? Weswegen kam ich denn hierher – doch nur, um *Sie* zu finden ... *Sie* ...

Mein Boot saß fest. Halb benommen tauchte ich aus den Phantasien auf und blickte mich um, und verwundert für eine Sekunde sah ich, daß gewöhnliches Schilf mich umgab. Der Kanal war zuende. Ich hatte mich so tief in dieses Dickicht hineingearbeitet, daß ich kaum mehr, woher ich gekommen, zu erkennen vermochte. Einzig da und dort ein umgeknickter Halm zeigte den Weg wieder hinaus. ‚Na, wie gut, mich nicht weiter durch das Schilf durchschieben zu müssen', dachte ich. ‚Und wie wohltuend, in Wahrheit ganz unbedroht – außer daß unter Umständen ein Frosch in das Boot springt – mich hier hinlegen und ein Nickerchen halten zu können.' – Gedacht, getan, denn schläfrig war ich geworden. Ich zog mein Hemd aus, streckte mich auf den Planken hin, legte die

Beine auf die Ruderbank und das zusammengeknüllte Hemd mir unter den Kopf und schloß die Augen. Daß mein Bett ein bißchen hart und feucht war, störte mich nicht. Die Wärme, die hier im grünen Dämmer die Luft erfüllte, die Stille, die das immerwährende sachte Rascheln und Wispern des Schilfrohrs wie eine weiche Decke über mich breitete, der herbsüße Geruch nach Wasser, Moder und Gras – das alles lullte mich wohlig ein. Oh ja, an diesem Platz wollte ich die restliche Zeit verweilen, nichts weiter als dem Müßiggang obliegend; mich drängte keine Pflicht, die es zu leisten gälte – höchstens war ich verpflichtet, dem Nichtstun, dem *Nichtstunmüssen* sein gebührendes Recht zukommen zu lassen. Außerdem fühlte ich doch noch einen Rest an Müdigkeit von der vergangenen Nacht her. Diese Nacht ... Heute würde ich es besser machen, keinem Gespenst nachjagen und dabei selber bloß gejagt werden. Heute – – nein, ich wollte mich zu nichts Falschem mehr verleiten und drängen lassen – es gab auch nichts mehr, was mich drängte. Die Stunden lagen frei vor mir, wie der See breiteten sie sich vor mir aus, still und weit, beliebig konnte ich mein Boot hierhin und dorthin wenden, es blieb sich vollkommen gleich, ob ich früher oder später und wo ich ankam, ob ich überhaupt irgendwo ankam, so weit dehnte sich der See, ein glänzender Spiegel nach allen Seiten, inmitten ich, überall konnte Land auftauchen, überallhin konnte ich meine Taube in den hellen leeren Himmel steigen lassen, nach einem Land Ausschau zu halten, irgendwo hinter der stillen Weite von Himmel und Wasser, so still, so unendlich weit ... und ich inmitten, und mir schien, mein Boot begänne zu schaukeln, und unvermutet waren Wolken aufgezogen, ein Wind kam auf, trieb Wellen heran und trieb mich, inmitten der schwankenden Wogen – wohin?, rauschend gingen der Wind und die Wellen, hoch schäumten sie auf ... –

Es raschelte heftig im Schilf. Aus dem Schlummer auffahrend, vernahm ich es gerade noch, schon war es vorüber. Wahrscheinlich ein Vogel, den irgendetwas erschreckt hatte, so vermutete ich. Während ich noch ein paar Sekunden lauschte, löste das Traumbild sich vollends auf und entschwand. Erst später kam es mir wieder zu Bewußtsein. Jetzt hingegen stand mir auf einmal überaus verlockend die Terrasse der ‚*Rose*' vor Augen. Dort zu sitzen, in den lauen Abend hinein, und heiterfriedlich den Tag zu beschließen, *die* Vorstellung behagte mir nun weit mehr, als an Ort und Stelle, im sumpfigen Schilfgelände, weiter auszuharren. Im übrigen böte der Rückweg nochmals ausreichend Gelegenheit, die Fahrt im Ruderboot auszukosten, womit dieser Tag – trotz gewisser Widerwärtigkeiten an seinem Beginn – zu guter Letzt als ein wirklicher Ferientag am See gelten konnte, wie ich es mir, als ich auf jenem Bahnhof vor dem Fahrplan gestanden, ausgemalt hatte. Außerdem lockte die Terrasse, weil ich ja die Bedienung fragen wollte, ob sie, anstatt alleine baden zu gehen, Lust hätte, mit mir zu kommen. Das zu tun, war ich, während ich das Boot durch den Kanal wieder zum offenen Wasser führte, fest entschlossen. Unleugbar war's nämlich schon etwas öde, mit sich selbst als einziger Gesellschaft die vielen Stunden eines Sommertages herumzubringen. Zu zweit, wieviel hübscher hätte sich das zum Beispiel in dem Schilfversteck gemacht. Dann hätte ich dort gerne die Nacht abgewartet.

Zur Anlegestelle gelangte ich zu früh und traf den brummigen Süßwasserseebär tatsächlich nicht an. Wer wußte, ob er heute überhaupt wieder auftauchen würde. Meinem Eindruck nach bereitete ihm die Frage, ob ich das Boot zurückbrächte und ob es sicher an der Kette läge, keinerlei Kopfzerbrechen. Er war schlichtweg froh gewesen, endlich den Laden dichtzumachen; und ich wettete, daß er inzwischen durch Gewässer besonderer Art kreuzte. ‚Möge er in den Hafen seliger Trunkenheit einlaufen und alle Trübsal auf der Fahrt dahin über Bord werfen', dachte ich – und mußte gleich darauf an meine eigene Trunkenheit der vergangenen Nacht denken, vielmehr an dies bloße Betrunkensein, das mich keinen Ballast über Bord hatte werfen lassen, einzig mich selbst mit aller Last hinabgezogen – mit dieser Last, die zuerst wie ein speziell für die Zeit am See mir geschenktes Boot, metaphorisch gesprochen, erschienen war ... – Vorbei, aus und vorbei, was lohnte es sich, der Sache nachzutrauern. Ich gab dem Boot, dem wirklichen, mit dem Fuß einen Stoß, traf es aber nur leicht, weil es tiefer als der Steg lag, kam indes ins Straucheln und brachte es, bevor ich ins Wasser oder in den Kahn stürzte, gerade noch fertig, auf den Planken des Stegs auf dem Hosenboden zu landen. Ein helles, fröhliches Gelächter klingelte und rollte und hüpfte an mein Ohr. Nach kurzer Verblüffung reckte ich den Hals und schaute umher. Niemanden vermochte ich in der Nähe zu entdecken, niemanden, der mich beachtete, und schon war das Lachen wieder verstummt.

Noch heute kann ich mir darauf keinen Reim machen. Vielleicht war – mir unbewußt – *ich* es gewesen, der lachte, wie man zuweilen laut vor sich hinredet, ohne dessen zunächst gewahr zu werden. Möglicherweise auch lachte es damals *in* mir, so lebhaft, daß ich es von außenher zu hören glaubte, wie man im Traum etwas hört, während jemand, der neben dem Schläfer wachte, keinerlei Laut vernähme. Übrigens sehe ich, wenn ich mich daran erinnere, immer eine Art Gesicht vor mir, einen lachenden Mund, funkelnde lustige Augen, keineswegs deutlich, sondern – um mit Hilfe eines Widerspruches es auszudrücken versuchen – wie durch die Töne des Lachens hindurchschimmernd und halb im Werden, halb im Vergehen. Ich vermag allerdings nicht mit Sicherheit zu sagen, es habe bereits damals solch eine optische Vorstellung den akustischen Eindruck begleitet. Ebenso kann es sein, daß sie sich – analog zu der Möglichkeit mit dem Buch, die ich vorhin erwähnte – erst später infolge der weiteren Entwicklung dessen, was geschah, nach Art einer Rückkopplung dazugesellt hat. Unbestreitbar gewiß ist, daß ich, nachdem ich mich, ohne eine verdächtige Person in der Runde zu entdecken, umgesehen hatte, jetzt *wahrhaftig* selber lachen mußte, das heißt eigentlich war es ein Grinsen, also lautlos: Und das helltönende Gelächter blieb mir daher merkwürdig wie zuvor. Auf dem Weg zum Hotel versuchte ich, ihm innerlich nachzulauschen. Gerne hätte ich es – nochmals erklingen hören.

IV

Als mir die Bedienung in der ‚Rose‘ das Abendessen servierte (ich war mit großem Hunger zurückgekehrt), fragte sie mich regelrecht aus (so kam es mir zumindest vor): Ob der Ausflug Spaß gemacht habe; wohin ich gerudert sei; ob mir das Strandbad gefallen, soweit ich's im Vorbeifahren hätte beurteilen können; und ob es nicht ein bißchen langweilig gewesen, so allein in einem Boot. – Hatte ich auf die vorige Frage gerade noch mit Ja geantwortet, so sagte ich auf jene letzte, plötzlich zögernd (und dann fast etwas heftig, glaube ich): Nein. Ihre Fragerei, die sie noch weitertrieb, wurde mir lästig; ich gab keine Antwort mehr. Sie verfolgte offenbar eine bestimmte Absicht dabei, die mir – gleichwohl ich vor kurzem mit Gedanken, die in eine ähnliche Richtung liefen, gespielt hatte – in diesem Moment (da nämlich die Gelegenheit sich bot, das Gedankenspiel in die Tat umzusetzen) gar nicht behagte. Sie war ja hübsch und nett – wieder, wie schon einmal an diesem Tag, sagte ich mir das innerlich vor und fühlte mich aufs neue auch gedrängt, ein *Aber* daranzuhängen. Sie bemerkte natürlich meine unvermittelte Reserviertheit, mußte sie um so deutlicher bemerken, als ich, während sie die Bestellung aufnahm, sie herzlich gegrüßt, die Aussicht auf den Abend hier im Lokal gepriesen und ihr so recht in diesem Sinne zugelächelt hatte. Der Umschwung hatte sich mit ihrer Frage nach dem Strandbad vorbereitet. Und nun stand sie am Tisch und schaute leicht zweifelnd auf mich und fragte sich wohl, was sie wieder falsch gemacht habe, denn sicherlich fiel ihr, wie mir, die Szene vom Nachmittag ein. Sie verstummte schließlich, und blieb dennoch stehn.

Das Schweigen drohte peinlich zu werden. Glücklicherweise wurde sie im nächsten Augenblick abberufen, an den Stammtisch in der Ecke rechts neben der Tür. Dort saßen sie zu siebt oder acht, fidele, rotköpfige Brüder im Geiste, die sich herzhafte Schwänke und Glossen erzählten und ebenso herzhaft in Lachen ausbrachen – ganz unähnlich jenem, das ich auf dem Bootssteg vernommen. Ich war froh, daß sie abgelenkt wurde; daß sie laufen mußte, eine neue Runde, aus Bier und Schnaps bestehend, zu servieren; von den Leuten ins Gespräch verwickelt und mit Neckereien bedacht wurde, die sie nicht umhin konnte zu parieren, was sie notabene auf schlagfertige Weise tat. Das Wortgeplänkel machte den Eindruck eines althergebrachten Rituals oder, um ein weniger gewichtiges Wort zu verwenden, eines in Fleisch und Blut übergegangenen Possenstücks, das man zum eigenen Vergnügen aufführte. Ich ertappte mich, wie ich angespannt hinüberhorchte und -spähte und an ihrer Gewandtheit gegenüber diesen teils verliebt, teils spöttisch sich gerierenden Stammtischlern Gefallen fand. Nicht so sehr an dem, *was* sie sagte, das verstand ich auf die Entfernung und durch das allgemeine Gemurmel der Gästeschar doch nur in Bruchstücken, sondern daran, *wie* sie – mochte ihr auch keine Figur einer Balletttänzerin eignen – in ihren Bewegungen, ihren Gesten und ihrem Mienenspiel sich darstellte. Auch später beobachtete ich sie, auf ihren Wegen zwischen Theke und anderen Tischen, die Gaststube war gut besucht, und auf ihren Gängen hinaus auf die Terrasse und wieder herein. Wenn sie jedoch zu mir herüberblickte, was beinahe jedesmal, wenn sie den Raum in der einen oder anderen Richtung durchquerte, geschah, tat ich, als beachte ich sie nicht weiter. Derart im Zwiespalt, hielt ich mich länger damit auf, mein Abendessen zu verzehren, als nötig gewesen wäre; und sie zögerte dann offenbar genauso länger als notwendig, das leergegessene Geschirr von meinem Platz abzutragen.

Schließlich kam sie heran. Unwillkürlich wünschte ich, sie möge still sein und sich nur rasch wieder entfernen. Sie sagte auch kein Wort. Ohne mich eines Blicks zu würdigen, trat sie an den Tisch, stellte, mit ziemlich ruckhaften Bewegungen, das Geschirr zusammen und war schon nach wenigen Sekunden im Begriff, sich abzuwenden. Da wurde sie, mit ihrem Namen, gerufen, wie vorhin forderte der Stammtischzirkel ihre Dienste. (Leider, das muß ich bekennen, hab ich den Namen in der Zwischenzeit vergessen. Man vergißt unglücklicherweise ja so vieles gerade von den Dingen und Begebenheiten, die man gerne im Gedächtnis behielte. Und im Grunde muß ein jeder sich eingestehen, bei vielen Erinnerungen – seien sie noch so klar – sich nie sicher sein zu können, ob diese so, wie man sie nach Jahren, Jahrzehnten vor das geistige Auge treten läßt, tatsächlich Erinnerungen des einstmals Erlebten sind, ob nicht vielfach (ohne bewußte Absicht, zu verfälschen) die Phantasie bei der Rückschau auf vergangene Zeiten uns zu Hilfe kommt: um nämlich Lücken in Entwicklung und Verlauf der Ereignisse auszufüllen; um Fragmenten dessen, was gesagt wurde, was man empfand, dachte, tat und erlitt, eine zusammenhängende, erinnerungsfähige Gestalt; um verschwommenen, phantomhaften Bildern von Menschen, Häusern und Gegenständen, Landschaften und Stimmungen der Tages- oder Jahreszeit, die uns anrührten, erkenn- und benennbare Gefüge, Färbungen und Tönungen zu verleihen ... Und seltsam mutet es mich jetzt, da ich der eben notierten Anmerkung noch einmal nachdenke, an, daß ich am Beginn der Geschehnisse, die ich hier zu Papier bringe, nicht im entferntesten geglaubt hätte, dem Auftritt der Gestalt der etwas molligen, rosenbäckigen Bedienung in meinem Hotel – obschon sie, wenn mir zu Zeiten jene Tage am Großen See einfielen, niemals eine bloße Statistenrolle in diesem Erinnerungsstück innehatte – *so viel* Aufmerksamkeit schenken, *so viel* Raum geben zu müssen. Und trotzdem, trotz der größer gewordenen Rolle, die sie nun spielt, muß sie namenlos bleiben.)

Sie wurde also gerufen; deutlich sehe ich vor mir, wie ihr Kopf in Richtung des Stammtisches ruckte. »Komme gleich«, gab sie zurück. – Das riß mich aus der Erstarrung: »Bringen – bringen Sie mir bitte noch ein Bier?«, kam es von mir mit leicht brüchiger Stimme. »Nach draußen bitte«, fügte ich hinzu. »Ich werde noch ein Weilchen draußen sitzen.« – Keine Regung ließ erkennen, daß sie es gehört, es registriert hätte; wortlos, blicklos entfernte sie sich. Gerade ihr Verhalten indes verriet sie. Sie war auf mich böse, zweifellos. Warum war sie es? Weil ich ihre Aufmerksamkeit nicht erwidert hatte. Warum hatte ich es nicht getan? Sie gefiel mir doch ... Kaum lag wieder Abstand zwischen uns, schaute ich ihr nach, bis sie an der Durchreiche zur Küche anlangte. Dann erhob ich mich und ging hinaus. Es dämmerte noch schwach. Um die Terrasse zog sich an Stangen befestigt eine Girlande bunter Glühbirnen, die ich bisher noch nicht wahrgenommen hatte. Obgleich der Abend lau, fand ich einen der Tische unbesetzt. Freilich ließen die leeren Gläser vermuten, daß er eben erst von einer vielköpfigen Gesellschaft verlassen worden war. Einige Minuten verstrichen, bis sie erschien. Ich hatte vor mich hingesehen und ihre Annäherung versäumt. Mit Vehemenz stellte sie das Glas auf die Metallplatte, daß ich von dem plötzlichen Geräusch aufschrak. Das Bier stand mehr als eine Armlänge von mir entfernt; sie war, als ich hochschaute, schon geschäftig dabei, ihr Tablett vollzuladen; keinen Blick, soweit ich im ungewissen Licht zu erkennen vermochte, gönnte sie mir. Wie zuvor in der Gaststube beobachtete ich sie, mit einem Unterschied: Hätte sie die Augen gehoben, würde ich diesmal die meinen sicherlich nicht vor ihnen versteckt haben. Ich wollte die Lage klären zwischen uns, das hatte ich mir in den Minuten, da ich auf sie wartete, vorgenommen. Allein, sie schaute nicht auf, nur mit den Gläsern hantierte sie auffällig umständlich herum. Gleichviel, die größte Umständlichkeit verhinderte nicht, daß es im nächsten Moment nichts mehr zu räumen und zu schieben gab, und sie ergriff das Tablett. Irgendetwas mußte geschehen, ging es mir durch den Sinn, wieder hielt mich unerklärliche Erstarrung, dem gerade gefaßten Vorsatz zum Hohn, in ihrem Bann. Was widerstrebte mir stets aufs neue? Sie traf schließlich keine Schuld, daß der hoffnungsvolle Auftakt meiner Tage am See in jener verhängnisvollen Nacht danebengeraten war. Im Gegenteil, sie hatte mir die Chance gewährt, daß doch noch, was am Anfang greifbar und dann verloren schien, in anderer Gestalt sich erfüllen könnte, und sie gewährte diese Chance noch immer, jetzt, zum unwiderruflich letzten Mal. Irgendetwas Nettes mußte ich ihr sagen, sie wartete darauf, nicht wegen nichts hatte sie sich auf solche Art am Tisch zu schaffen gemacht. Warum sollte nicht sie es sein ... *Sie* ...?

Da setzte sie das Tablett nochmals nieder, faßte in die Schürzentasche. Sie zog einen kleinen Gegenstand hervor, beugte sich über den Tisch, eine

Flamme leuchtete auf, ein Feuerzeug hielt sie in der Hand und versuchte, ein Windlicht anzuzünden. »Au«, rief sie aus, klappernd fiel das Feuerzeug auf die Blechplatte; die Kerze brannte noch nicht. – Geschwind griff ich zu. ‚Jetzt‘, dachte ich und sagte: »Moment, ich mach das« – und erhob mich hastig, langte mit der anderen Hand nach dem Glasgefäß. – »Danke«, sagte sie und lächelte, der Schein der Kerze glitzerte in ihren Augen, die aufgeregt hin und her huschten. – Meine wohl desgleichen, und heiß fühlte ich mein Gesicht. »Hat's weh getan?«, fragte ich. – »Schon wieder gut. Bleiben Sie noch ein Weilchen sitzen?« – »Ja« (und mit einemmal spürte ich heftig mein Herz klopfen). – »Fein«, sagte sie, nahm den gefüllten Bierkrug und stellte ihn nah vor mich hin. – Dann ging sie, mit bangem Herzen schaute ich ihr hinterdrein. Bald würde sie wiederkommen – nicht bloß für eine neue Bestellung oder um abzuräumen.

Nach einer Viertelstunde ungefähr trat sie wieder zu mir an den Tisch. In der Zwischenzeit war sie zweimal draußen aufgetaucht, hatte da kassiert, dort neue Getränke gebracht. Jedesmal waren unsere Blicke sich von weitem begegnet. Nun stand sie bei mir und fragte: »Darf ich mich zu Ihnen setzen?« Und nach kurzem Zögern: »Ich hab ein paar Minuten übrig. Alle sind versorgt im Moment und so eine kleine Pause erlaubt die Chefin, springt dann sogar selber mal ein, wenn drinnen grade jemand was will, bloß draußen, da müßte ich schon, aber solang kein neuer Gast kommt, haben ja alle, was sie wollen, also ein paar Minuten, wie gesagt« – so sprach sie weiter im Stehen und wollte offensichtlich warten, bis ich sie zum Platznehmen aufforderte. – »Ja, natürlich, gerne«, antwortete ich einigermaßen verspätet und beeilte mich, mit einladender Geste den Stuhl ihr zurechtzurücken. – Erneut schlug halb bang, halb erwartungsvoll mein Herz. »Darf ich auch wirklich?«, kam es von ihr, als sie saß. – Ich sah sie nicht an, starrte in das still, ohne jedes Flackern brennende Windlicht. Jetzt galt es, jetzt mußte ich es ihr sagen, durfte nicht länger warten. *Sie* wartete darauf, und schon längst hätte mit uns alles klar sein können – was wollte ich mehr? Was, das sich als greifbare Möglichkeit geboten hätte?

»Sagen Sie«, begann ich; dann stockte ich und wandte mich ihr zu. Sie blickte gar nicht auf mich oder nicht *mehr*, sondern, wie ich gerade eben, auf die Kerze. Weich zeichnete das Schummerlicht ihr Profil. Seidig und honigfarben schimmerte die Haut, das Haar wie von Goldfäden durchwirkt. Gab es denn Verführerischeres als sie, als die Rundung ihrer Wange, den feinen Pfirsichflaum? Ihre bloßen Arme lagen auf dem Tisch, auch sie – so weich, so glatt – von dem warmen Honigschimmer überhaucht. Nervös oder verlegen spielte sie mit den Fingern. Oder gelangweilt?, weil ich zu lange säumte, herumdruckste gleich einem Schülerbuben. Was wartete ich noch? Da saß sie neben mir, trotz meiner abweisenden Miene vorhin in der Gaststube war sie gekommen, hatte sich zu mir gesetzt und wartete: daß ich sie endlich einlud für morgen, zu einem Sonntagsausflug ... *Sie* ...

Weit weniger kurz dauerte das Schweigen, als es sich auf dem Papier ausnimmt, in Windeseile schossen mir die Gedanken und Empfindungen, denen ich hier Wort zu verleihen versuche, durch den Kopf. »Sagen Sie«, wiederholte ich nach einem Räuspern, »hätten Sie Lust, daß wir morgen zusammen einen Ausflug machen, so am See entlang, wir finden auch sicher irgendwo einen Platz zum Baden.« – »Oh, gerne«, hörte ich sie, und sie blickte mit einem seltsamen melancholischen Lächeln mir ins Gesicht. »Wirklich, ich wäre gern« – ich horchte auf – »mitgegangen; wissen Sie, als ich die Tische richtete, wenn Sie mich da gefragt hätten, ach vorhin sogar, als Sie zurückgekommen sind ... ich – ich fand Sie recht nett, vielleicht auch, weil sie heute nachmittag irgendwie so ausschauten, als bräuchten Sie Trost, und ... weil auch ich ein wenig – mein Freund – daß ich keinen festen habe, war geschwindelt – er und ich, wir hatten gestern, gestern nacht, und heute morgen gleich wieder, einen handfesten Krach gehabt, ich finde nämlich, er schaut zu oft auf andre Mädchen, und grade auf der Hochzeit meines Bruders, da waren ihm die andern mal wieder fast wichtiger als ich – hat er das denn nötig, ich muß mich doch nicht verstecken, oder? – und im Zank hatten wir uns getrennt, und ich dachte, *ich* komm nicht als erste, soll *er* mal kommen und sich entschuldigen, außerdem dacht ich, warum es ihm nicht einmal gleichtun?, ja, und wie ich da merke, wie Sie mich anschauen – jedem hätt ich trotzdem nicht schöne Augen gemacht ... aber als wir so ins Gespräch kamen und die Neckereien und alles so ganz von selber ging, wenn Sie mich da gefragt hätten – ich wär mit, ich dachte auch schon, jetzt fragt er dich und lädt dich ein, zum Essen, zum Tanzen, zu irgendwas, und plötzlich – alles weg ... Plötzlich schauten Sie richtig böse drein, ich wußte gar nicht wieso, und dann kam aber doch noch Ihr Abschiedsgruß unter der Tür, richtig Herzklopfen bekam ich da, und ich dachte mir, Sie hätten vielleicht bloß schlecht geschlafen, die letzte Nacht wär Ihnen schlecht bekommen oder ich hätte Sie – gar verwirrt?, so wie Sie mich – doch doch, das haben Sie schon ... und ich malte mir aus, wenn Sie von Ihrer Bootsfahrt zurückkämen, daß vielleicht wir doch noch zusammenfänden und – zuerst sah's ja auch danach aus, obwohl sich bei mir inzwischen alles geändert hatte – oh, das wissen Sie ja immer noch nicht, und ich muß es ja doch einmal sagen ... also: mein Freund ist, kurz nachdem Sie weg waren, ganz reumütig zu mir gekommen und hat mich zu einem Versöhnungsessen und so (sie kicherte) eingeladen, eingeschmeichelt hat er sich, oh, und er weiß zu gut, wie leicht er mich dann rumkriegt, er ist halt ein Schlawiner, ein lieber (ein Seufzer entwich ihr) ... Aber wissen, wie es mit *uns* zwei sein könnte«, fuhr sie fort, »das wollt ich jetzt trotzdem. Auch – und bitte nicht böse auf mich sein, und ... und es war auch nicht bloß deswegen – auch, um ihn damit ärgern zu können, daß ich von einem andern eingeladen worden wäre und er sich in Zukunft mehr vorsehen solle ... Aber dann, vorhin, wieder wie das erstemal: Erst denk ich, schade eigentlich, daß aus uns beiden nichts weiter werden kann, und wenn er doch noch fragt, dies eine Mal sag ich trotzdem ja – und plötzlich, als würden Sie mich gar nicht kennen, als sei ich die ganz Verkehrte – bin ich das denn ...? Aber jetzt, es ist sowieso zu spät, er braucht mich ja, und es wär – wegen einer Laune, wär das denn recht ...?«

Viele Worte, viele Worte, durch die hindurch ich die mir wichtige Botschaft vernommen hatte; mir war ein Stein vom Herzen gefallen. »Die

Verkehrte?«, tat ich erstaunt. »Hätt ich Sie dann wohl gefragt? Leider zu spät, schade, schade«, seufzte ich – und war mit einemmal so froh. – »Ja, schade. Warum nicht früher?« – »Ach, ich traute mich nicht.« – »Und Sie waren nicht wegen irgendetwas böse mit mir?« – »Nein nein, da ärgerte ich mich über mich selber.« – »Weil Sie sich nicht trauten ...? Warum denn nicht?« – »Vielleicht hätten Sie – *ja* gesagt.« – »Ooooh«, fauchte sie und schlug mir auf die Hand. Dann lachte sie. »Geben Sie's nur zu, Angst vor einem Korb haben Sie gehabt.« Sie versetzte meiner Hand einen zweiten Klaps und sprang auf. »So, jetzt muß ich wieder.« – Im Weggehen winkte sie mir zu.

Nachdenklich trank ich vollends aus. Sie ... die Eine, das Mädchen aus dem Reisebüro sah ich wieder vor mir, nah und klar – und es schmerzte mich nicht. Traurig war ich, doch es tat nicht weh. Und zugleich war ich froh, froh, daß ich sie nicht verraten hatte. Endlich zahlte ich, nachdem ich eine ganze Weile noch vor leerem Glas gesessen. »Nichts zu trinken mehr?«, fragte lächelnd die andere. »Schon zu Bett?« – »Ich glaube ja. Und wie lang müssen *Sie* noch?«, setzte ich unwillkürlich hinzu. – »So bis halb eins wird's werden, bis alle weg sind und alles aufgeräumt ist«, gab sie Antwort, und ich wußte, ich hätte sie haben können für die Nacht. Das Glitzern ihrer Augen, ihr Lächeln, der Klang ihrer Stimme: Soll ich, soll ich doch kommen?, fragte es daraus. Ich ließ es sein, am nächsten Morgen wollte ich früh aus den Federn, und – sie war nicht die, die ich wollte. Es war gut, sie in festen Händen zu wissen. Die Erinnerung an mein verfehltes Glück sollte durch kein scheinbares getrübt werden. Eine Chance hatte ich fahrlässig vertan, die andre schlug ich bewußt aus – vielleicht auch hoffte ich, dadurch eine Art Versöhnungsopfer zu bringen.

Selbsterkenntnis und Entsagung, das klingt wahrhaft philosophisch. Wahrscheinlicher ist, daß ich an nichts dergleichen dachte, sondern schlicht das Wissen um ihren Freund, um den Streit zwischen den beiden und um die Versöhnung, die sie in trauter Zweisamkeit besiegeln wollten, mich zuletzt abhielt. Da gab es keinen Platz mehr für mich. Wenn nicht ich, dann hätte mit Sicherheit sie, wenn die Nacht erst vorüber, alles bereut und sich und mir die schwersten Vorwürfe gemacht, sich und mich verflucht (ungeachtet dessen, daß sie mich so oder so wieder verlassen würde), und es wäre als Folge davon mein Aufenthalt hier gänzlich mißlungen, mein romantisch von Kindheitserinnerungen getragener Ausflug an den See unwiderruflich beim Teufel gewesen. Und dieser totale Reinfall hätte darüberhinaus womöglich den ganzen Rest meines Urlaubs verdorben und ich wäre ohne jede Erholung heimgekehrt. Nüchtern betrachtet kommen derlei Überlegungen der Wahrheit näher als die von Treue und Opfer, und ich hatte mich vorher nur ein wenig zu einem Poetisierungsversuch hinreißen lassen, um mir die Erinnerung zu versüßen.

»Heute sehn sie aber richtig munter aus – einen guten Morgen wünsch ich«, so rief mir die Wirtin entgegen, als ich zum Frühstück in die Gaststube herunterkam. »Aber wieder so früh. Und das am Sonntag.« Sie schüttelte den Kopf. »Oder wollen sie nachher in die Kirch' und machen davor noch einen Morgenspaziergang? Ja, das wär recht. Ich geh ja auch geschwind in die Messe nachher, *die* Zeit muß schon dasein ...«– »Guten Morgen«, erwiderte ich und fühlte mich in der Tat, ihrer Begrüßung entsprechend, voller Zuversicht und Unternehmungslust. Trotz der für einen Feriengast relativ frühen Zeit: die Uhr zeigte einige Minuten vor acht, hatte ich gut acht Stunden geschlafen. »In die Kirche?«, nahm ich ihre Frage auf. »Tja, wie man's nimmt. In Gottes freie Natur will ich und so richtig den Sonntag heiligen und nichts tun, als Sonne, Bäume und den See wohlgefällig anschauen.« – »Ihnen scheint's heute wirklich allerbestens zu gehn«, meinte sie. – »Ja, ich weiß auch nicht warum.« Ich zwinkerte ihr zu. »Und Appetit hab ich heute morgen für zwei.« – Man sah förmlich, wie sie bei dieser Eröffnung vor Freude wuchs. »Na, dann setzen Sie sich mal hin«, sagte sie, »und ich werd dafür sorgen, daß für *alle beide* genug auf den Tisch kommt, gell.«

In dem Raum befand sich sonst niemand. Ich nahm an einem der großen Fenster neben der Eingangstüre Platz, so daß ich sowohl das Innere überblicken als auch hinausschauen konnte. Wie flüssiges Silber lag vor dem Haus wieder die Asphaltfläche im Licht. Zeichen der Verlockung bedeutete das für mich, schon sah ich mich am See, der ebenso im hellen, morgendlichen Sonnenschein glitzern und glänzen durfte, entlangwandern. Was die Wirtin fürsorglich auftrug, verleibte ich mir Rumpf und Stumpf ein, Schwarzbrot, Brötchen und Hefezopf, ein Ei, Wurst und Käse, Honig, Marmelade, Kaffee; ungelogen hätte es ohne weiteres für zwei Personen ausgereicht. Während ich meinen Hunger stillte, füllte sich allmählich der Raum, mit Hotelgästen und offensichtlich auch mit Bewohnern aus der Nachbarschaft, die sich sonntags das opulente Frühstück hier gönnten. An den Nebentisch in meiner Reihe setzten sich drei junge Leute, ein Mann, zwei Frauen. Sie boten einen »guten Morgen« oder sagten, wie die Gewohnheit so ist, bloß »Morgen«. Stumm nickend, denn ich hatte den Mund gerade von einem großen Bissen voll, grüßte ich zurück. Wie ein Mummenschanz strich mir flüchtig der Gedanke daran, wie gestern der Tag angefangen, vorüber. Wie hätte ich mich da am liebsten in ein finsteres Loch verkrochen. Und weshalb? Wegen nichts und wieder nichts. Leben, Menschen um mich her – heute peinigte das mich nicht; es freute mich, die drei so wohlgemut zu sehen – ich war es auch. Wunder bewirkt ein gesunder Schlaf. Das doppelte Mißgeschick, meine zweifache Torheit – ich wußte das alles noch. Doch war es mir ferngerückt wie ein schlechter Traum, an dessen Bilder und Geschehnisse man sich zwar erinnern mag, die indes, weil man jetzt erwacht ist, ihren Zwang, dem man willenlos ausgeliefert gewesen, nicht weiter auszuüben vermögen.

Der junge Mann, dreitagebärtig, Anfang zwanzig, wandte sich aus einer von Lachen und Gekicher durchsprühten Unterhaltung heraus an mich: »Hi, hallo, sach ma', äij, un' Tschuljung auch, gibt's in dem wahnsinnsgeilen Nest hier 'n Freibad, voll so am See eins?« – »Wird's schon geben, doch, ja«, warf ich lässig hin. – Dann Pause. Lässigkeit war Trumpf, so leicht ging doch alles. »Äh, un' wo 's das, äij?«, fragte er. – »Runter zum Bahnhof, rüber zum Ufer, links und immer geradeaus. Kaum zu verfehlen.« – »Ah«, machte er, wie von meiner Lässigkeit, größer als die seine, überwältigt. – »Äij, un' isses weit?«, fragte das Mädchen, das mit dem Gesicht zu mir saß. – »Nö. Paar Minuten. Oder auch 'n bißchen länger.« – »Isses schön dort?«, fragte die, die ich bisher nur von hinten gesehen hatte. Einen Ellbogen auf die Rückenlehne und das Kinn in die Hand gestützt, blickte sie nun zu mir. Wie kam der Bursche bloß zu den beiden? Durch Lässigkeit bestimmt. ‚Seien sie ihm gegönnt', dachte ich – war da etwa eine Spur noch von Gereiztheit? Nein nein, wieso denn, mich drängte es nur hinaus zu Sonne, Licht und Luft, zum Glanz und Schimmer des Sees, zum Summen und Flirren der Sommerwiesen ... ‚Wirklich, seien sie ihm gegönnt', dachte ich und antwortete: »Weiß nicht, war noch nicht dort – aber, Freunde, entschuldigt, laßt mich meinen Kaffee austrinken, ich möchte los.« – Sie fragte unbeeindruckt weiter: »Machst du auch Urlaub?« – Meine Lässigkeit schrumpfte. »Jaja«, sagte ich kurz. – Die zwei andern, sah ich, kümmerten sich bereits nicht mehr um mich; sie waren innig in einen Kuß versunken. Sollte der Möchtegernmacho die Fragerin in den Kuß doch miteinschließen. »Wohin willst du denn?« Sie hörte nicht auf. – »Weiß nicht. Irgendwohin, raus in die *stille* Natur.« Merkte sie am Tonfall die Anspielung? – »Komm doch mit uns.« Irgendwie schaute sie wie eine Wassernixe drein: halb zog sie ihn, halb sank er hin. Die zwei dahinter waren immer noch ineinander versunken. »Kannst gerne mitkommen«, beharrte sie. – Ins Strandbad mit? Ich wollte nicht in das Strandbad. Gestern nicht, heute ebensowenig. Was sollte ich dort? Ich wollte meine Ruhe haben, einen Tag wenigstens in Ruhe hier verbringen, still für mich. Ja, wenn ... wenn ... – Mit einem großen Schluck trank ich den Kaffee hinunter. »Nee du«, sagte ich dann, »wirklich nett von dir, aber, na, ich hab anderes vor.« – Ich erhob mich. »Also viel Spaß euch dreien.« – Was für große helle Augen sie hatte, sie ... Als ich ging, hörte ich ein »Pf« und leises, unverständliches Gemurmel, dann von dem zweiten Mädchen: »Haste was ...?«

Eine unwichtige Episode an für sich. Ich hätte sie weggelassen, wenn mir nicht jetzt im Erinnern dies unvermittelte Aufzittern von Unbehaglichkeit und Nervosität, das sich damals mehr an der Grenze unterschwelliger Wahrnehmung bewegt denn offenkundig gezeigt hatte, bewußt geworden wäre. Lange Zeit, wenn ich an jenen zweiten Morgen meines Aufenthalts am See dachte, fand ich mich in den Bildern, die ich vor mir sah, bereits draußen, bereits von der kleinen Fähre übergesetzt, im Grunde schon wieder auf dem Rückweg, auf dem Weg hin zu der Kirche, von deren Lage über dem Landvorsprung, die weite Aussicht versprach, ich herbeigelockt worden war. Die Stunden davor galten mir als unerheblich, so daß ich auch meinte, nur wenig von ihnen im Gedächtnis behalten zu haben. Waren sie es wirklich? Dann wären, im nachhinein, genauso die Stunden des ersten Tages, des Tages nach jener Nacht, unerheblich, vernachlässigenswert gewesen, und ich hätte mit der Hälfte des bisherigen Aufwands diese Aufzeichnungen niederschreiben können. Anfangs hatte ich auch geglaubt, die Arbeit werde zügig vonstatten gehen. Wie schnell allerdings mußte ich mich eines besseren belehren lassen. Bereits der Eingang entwickelte sich langwieriger als geplant, und der Faden des Ablaufs spann sich immer länger, war bald gar kein einzelner Faden mehr, eher ein Netz, das mir scheinbar nebensächliche Kleinigkeiten an das Licht brachte und manchmal gar nicht so kleine Dinge, die bis dahin in tieferen Schichten, unerrreichbar der alltäglichen, mehr beiläufig betriebenen Erinnerung, versunken gewesen waren.

Zunächst betrachtete ich das Phänomen mit einem gewissen Mißtrauen, inzwischen erscheint mir jede Einzelheit, die auftaucht, wichtig genug. Nicht unbedingt wichtig als Träger eines Geschehens hin zu einem Zweck und Ziel, aber zur Vervollständigung dieses Erinnerungsbildes zu einem Ganzen, mit all seinen Valeurs, Reflexen und Schattierungen. Schon bald nach Beginn der Aufzeichnungen hatte ich dazu ja eine Anmerkung gemacht, ohne noch völlig überzeugt zu sein. Da dachte ich noch, das, was man gemeinhin Abschweifungen nennt, möglichst in Grenzen halten zu müssen, sie auswählen und gezielt als eine Art atmosphärischer Licht- und Schattenspiele hier und da einsetzen zu können. Mittlerweile *bin* ich überzeugt, daß alles, was ich, in der Erinnerung schweifend, wieder finden darf, wert ist, festgehalten zu werden, mag es so unbegründet, so zusammenhang- und folgenlos wirken, wie es will. All diese Einzelheiten, ob sie von einem übergeordneten Gesichtspunkt aus – den ich allerdings einzunehmen unfähig bin – gleichgültig seien oder nicht, machen den Aufenthalt am See mir gegenwärtig, machen ihn zu einem unmittelbar lebendigen Teil meiner selbst und erlauben mir, ihn unverlierbarer in mich zu gründen. Und die ungesuchten Momente: komme ich der Wahrheit – die sich, im endgültigen Sinne, letztlich immer unserem Suchen entzieht wie der stets ferne Horizont – komme ich ihr in ihnen nicht näher?, als wenn ich in planmäßigen Schritten das Bild früherer Zeit konstruiere, Konturen umgrenze, Perspektivachsen festlege und die Farbgebung abstimme und bedachtsam und übersichtlich, hier mit Kontrasten, dort harmonisch zusammenbindend, alles aufeinander beziehe? Opfere ich auf diese Weise nicht zuviel oder forme ich nicht zuviel dadurch um, zugunsten der Wirkung der Komposition?

Draußen überflutete mich das Licht, die Luft war schon ganz von Wärme durchtränkt, und keine Wolke fleckte hoch oben die schimmernde Seide des Himmels. Die Heiterkeit, die ich beim Erwachen in mir gefunden und die während der kurzen Episode in der Gaststube Anstalten hatte machen wollen, sich zurückzuziehen, sie erfüllte mich wieder uneingeschränkt. Ich kam gerade rechtzeitig zur Abfahrt der Fähre, eines kleinen, spielzeughaften Dampfers. Das gegenüberliegende Ufer, sein entfernterer Teil, lag noch in gleißendem Dunst verborgen, und auch das näherliegende, in den See sich vorwölbende Uferstück, wohin ich strebte, zeigte sich fast noch verschleiert, schwebte, wie ein lächelndes Versprechen von Land erst, als bläulicher Hauch oder eine Nuance mehr als ein Hauch zwischen dem glitzernden Wasser, das ein sachter Wind bewegte, und dem hellen, so weiten und hohen Himmel.

Nur eine geringe Anzahl von Personen hielt sich im Passagierraum auf. Ich schenkte ihnen kaum einen Blick, nicht aus finsterem Drang, mich abzuschließen, sondern weil ich zum Fenster hinausschaute auf die sich wiegende Fläche des Sees und auf mein Ziel, das still darüberstand und sich immer klarer vor mir abzeichnete. Den größten Teil der Strecke hatten wir zurückgelegt, da, durch das Tuckern des Schiffes und das an- und abschwellende Hintergrundgeräusch der Stimmen, drang ein jaulender Laut: »Jajajajaja.« – Mein Kopf fuhr herum. Die übrigen Passagiere hatten sich ebenfalls nach diesen plötzlichen Mißtönen umgewandt. Aber was sie mit *ihren* Augen sahen, was war es gegen das, was *ich* erkennen mußte. Die anderen verloren, als nichts weiter auf den Lautausbruch folgte, rasch das Interesse. Ich indessen starrte gebannt, starrte, obwohl ich wußte, ich sollte es sein lassen, um nicht die Aufmerksamkeit dessen, wodurch ich so erschreckt worden, auf mich zu ziehen.

Den Kioskbetreiber hatte ich am andern Ende des Raumes erblickt. Bei ihm stand der Süßwasserbrummbär, der Bootsverleiher. Auch ihm begegnete ich ungern. Er hatte mir zwar nichts getan, war für mich jedoch so, wie ich ihn mir auf seinem Klappstuhl Stunde um Stunde vor sich hindösend vorgestellt hatte, das wandelnde Sinnbild eines öde, sinn*los* verlebten, vielmehr ungelebten Tags und erinnerte mich unter dem Aspekt daran, daß meine eigne bisherige Zeit hier, gemessen an dem, was ich mir zuvor ausgemalt, und – ja, es drängte sich mir auf – und gemessen an den Hoffnungen, die sich an jene unvermutete, vielverheißende Begegnung angeschlossen hatten, recht mißlungen und verfehlt war. Viel von seiner Tagesweise war Bestandteil *meiner* Stunden gewesen. Und dann der andere erst, der Schnäpsler, mit seiner schlangenarmigen, janusköpfigen Jovialität. Er hatte mir alles überhaupt eingebrockt, hatte den Nebeldunst seines Schnapses, dieses überprozentigen Hexengebräus steigen lassen, in dem ich vom Weg der nüchternen Erwägung der Verhältnisse abgekommen und von törichten Wünschen, von Wahnbildern verlockt worden und dann in finsterste Nacht abgestürzt war ... Alles war wieder da. Und jetzt hatten sich die beiden sogar vereint und ihre Macht verdoppelt. Was brüteten sie aus, was schmiedeten sie für meuchlerische Pläne? Die Schnapsflasche blitzte, sie prosteten sich zu, rotgesichtig, grinsend, Untergang drohte – – Sie durften mich nicht sehen, auf keinen Fall *er*. Und doch schaute ich noch immer wie hypnotisiert. Nur mit Anstrengung gelang es mir endlich, mich von ihnen ab- und wieder dem Fenster zuzuwenden. »Jajajaja«, tönte es erneut, und ein Rülpser, tief von unten herauf, folgte. Das brach den Bann. Ein Lachen, halb der verblüfften Entrüstung, halb der spöttischen Heiterkeit, erklang; die beiden waren wieder das, was sie waren: zwei Flaschenbrüder, nichts sonst. Warum sollte denen ein Sonntagsausflug mißgönnt werden. Fragte sich bloß, welchen Gewinn sie von dem Sommersonnentag da draußen haben würden, wenn sie auf die Art weitermachten (was vorauszusehen war). Trotzdem, auch wenn sie im Grunde harmlos sein mochten, ich drehte mich nicht mehr um und war erleichtert, als kurz darauf das Schiff anlegte, ich ausstieg und sich herausstellte, daß die beiden die Fahrt fortsetzten.

Sie entschwanden und mit ihnen die plötzlichen Schatten. Woran die zwei mich erinnerten, war vorüber. Es war geschehen; aber heute war heut, was hatte ich noch mit all dem zu schaffen, aus und vorbei ... Am Weg von der Landungsstelle her – die aus einem einfachen Holzsteg bestand – lag eine Wirtschaft, ein eingeschossiges Gebäude mit großem Dach. Vor ihr, an der seewärts gelegenen Giebelfront und teilweise längs der Straßenseite, war, von einem niedrigen Holzzaun umschlossen, eine ziemlich weitläufige Terrasse eingerichtet. Kein Mensch saß dort, sämtliche Stühle waren noch gegen die Tische gelehnt. Zur rechten Zeit freilich mußte hier einiges los sein; ab wann, nämlich gegen Abend, verriet mir das Schild am übergiebelten Tor des Zaunes: Ab fünfzehn Uhr geöffnet, Donnerstag, Samstag, Sonntag Tanzmusik, Blaskapellen live, von achtzehn Uhr bis Mitternacht. Vielleicht würde ich nach meiner Wanderung hier einkehren, überlegte ich mir. Was konnte reizvoller sein, als den Tag inmitten frohgelaunter Menschen ausklingen zu lassen, mit Aussicht auf den See und das Städtchen, dessen Lichter durch die allmähliche Dämmerung und die aufsteigende Nacht herüberblinken würden. Vorausgesetzt, ich bliebe so lange. Nun, warum nicht? Nirgend anderswohin drängte es mich. Einzig, daß möglicherweise der Betrieb allzu lärmend wäre, könnte mich forttreiben. Vorerst aber lag hier alles in tiefer Ruhe.

Nur zwei Personen waren mit mir ausgestiegen, ein älteres, ergrautes Ehepaar, beide in Kniebundhosen und festen Schnürstiefeln, er trug einen Rucksack auf dem Rücken. Forsch, beschwingt jeder seinen Stock aufsetzend, waren sie ausgeschritten und mir bereits aus den Augen. Der kleine Ort, kaum zweihundert Meter von der Wirtschaft entfernt gelegen, schien ebenfalls zu schlafen, keine Menschenseele zeigte sich. Ein paar Hühner scheuchte ich auf, empört gackernd suchten sie das Weite, das Muhen einer Kuh tönte aus einer offenen Stalltür, und man vernahm Schnauben, Geraschel von Stroh, das Klirren einer Kette. Von irgendwoher hinter den Häusern drang gedämpftes Motorengeräusch, eines Traktors oder Kompressors vielleicht, durch die Luft, und einmal meinte ich, eine Gardine sich bewegen zu sehen.

Und schon war der Ort zu Ende. Ich verließ die Fahrstraße, bog nach links auf einen Wiesenweg ein. In einiger Entfernung erblickte ich einen roten Fleck über der Wiese, der sich bewegte. ,Das ist sicher der Rucksack des Ehepaars', dachte ich. ,Wohlan denn, wenn die beiden, zwei erfahrene Wandersleute, diesen Weg einschlagen, kann ich ihm getrost folgen.' – Der flache Landstreifen, der zu meiner Linken das Ufer säumte, wandelte sich nach rechts, zuerst in sanfter Neigung, dann schnell steil werdend, zu einem Hang. Weiter voraus grüßte mich von oben die Kirche. Direkt an der Kante des Abhangs stemmte sich die Stützmauer des Kirchhofs in den Untergrund, ein Stück zurück verschoben ragte der Turm in das Blau, das Schiff der Kirche wurde, bis auf den oberen Teil des bräunlichen Dachs, von Bäumen verdeckt. Diesen Platz zu besuchen, behielt ich mir für den Nachmittag vor, wenn die Luft, von den Dunstschleiern befreit, dem Auge kein Hindernis mehr bot, weit über den See hin zu schweifen, bis zu den Bergen. Im Moment indessen beschränkte von meinem Weg aus das zugewachsene Ufer die Sicht auf das Wasser. Durch Bäume und Buschwerk, beides mit der sonnabgewandten Seite mir zugekehrt, durch das rieselnde Schattenspiel des Laubes, blitzte und blinkerte es in silbrigen, lockenden Schimmern, manchmal gab eine Lücke einen größeren Ausschnitt frei, der dennoch kaum mehr als eine glänzende Helle erkennen ließ. Auch das bereitete Augenlust, diese gleichsam neckenden, aus Verstecken, die nicht verbergen sollten, aufhuschenden

Winke; Augenlust, wie sie nicht minder der gartengleiche Streifen ebenen Landes schenkte, in dessen Mitte der Weg mich entlangführte. Er war meist mit einem Wiesenkleid angetan, buntgemustert von einer Vielzahl an Blumen, unter denen an manchen Stellen aber der Wiesenklee besonders auffiel. Kirsch- und Apfelbaum boten noch oder versprachen reife Frucht, der hohe Wuchs von so manchem zeigte, daß er schon für viele Ernten seinen Reichtum gespendet hatte. Ein feines Sirren und Summen, zuweilen von kräftigerem Gebrumm durchkreuzt, wob sich in die Luft, Falter schwebten taumelnden Fluges dahin, und die Lerche sang; mit schwirrenden Flügeln auf der Stelle verharrend, sandte sie ihre Triller von der Höhe herab. Hier und da lag ein Feld heranreifenden Getreides, von geringem Umfang, oft handtuchschmal, Mohn blühte an den Rändern. Dazwischen immer einmal wieder ein Bohnen- oder Tomatenbeet oder gar ein richtiges kleines Gartenstück, das Blumen schmückten, Phlox, Rittersporn, Rosen, großblättriger Klatschmohn. Der Hang ging in seinen flachgeneigten Partien in das Feld- und Wiesengelände über, höher und steiler hinauf war er von Hecken und Büschen überwachsen, verstreut schmiegten sich in dieser oberen Zone Weingärtchen an ihn an, zum privaten Gebrauch wohl nur, zum Teil auch verwildert. Auf der anderen Seite sah ich jenseits der Wiesen vor dem grünen Spalier der Ufervegetation vielfach die schlanken, lanzettblättrigen Halme des Schilfs, die im leichten Atem des Windes schwankten, mich heranzuwinken schienen an den See. Irgendwann, sagte ich mir, würde ich ihrem Wink Folge leisten. Wenn ich mich einmal bis an das Wasser hindurchgearbeitet hätte – denn kein Weg dahin war bislang zu entdecken –, gäbe es dort gewiß einen ungestörten Badeplatz zu finden, ohne Lärm und Gedränge wie im offiziellen Strandbad, ganz für mich allein.

Oder – *für zwei* ... Wie ein Windstoß hatte mich das angeweht. Ebenso in die Luft entließ ich es wieder – ich erinnere mich der Empfindung jetzt, da ich in Gedanken nochmals jenen Weg wandere, genau: Ohne innerlichen Seufzer verwehte es wieder, denn was unerreichbar war, was lohnte es, dem nachzuträumen. Hier und heute, das war genug, inmitten der Überfülle des Sommers, selbst ein Teil von ihr. Wieviel leichter lebte sich dieser Tag, frei von dem verkrampften Drang, eines zu wollen und, in solches Wollen verstrickt, ein anderes deswegen ängstlich abzuwehren – wieviel leichter als die beiden Tage davor. Ja, ich konnte darüber lachen, vielmehr ich vermochte gar nicht anders, als das zu tun. Die Szene auf dem Dampfer kam herangeweht, wie einen Papierdrachen ließ ich sie, mit dem ganzen flatternden Schwanz aus Tand, der daranhing, in den Himmel steigen, im Blauen und Lichten sich auflösen. Ich pfiff vor mich hin, irgendwelche Töne, bald mehr, bald weniger melodisch miteinander verbunden, wie sie mir gerade auf die Lippen kamen, bis zuletzt doch eine richtige Melodie, ein Lied daraus entstand:

Ich weiß kaum zu sagen, wie lange ich so dahinging. Sehr lang kam es mir vor, aber es mochte (wenn ich mir die Strecke heute auf der Karte betrachte) eine Stunde oder wenig mehr sein, ich hatte die Armbanduhr in die Tasche gesteckt und ließ sie darin, die Zeit verweilte und eilte nach meinem Schritt, der mal flott und zügig, mal im bloßen Bummeltrott mich voranbrachte und den ich hin und wieder auch ganz verhielt, um mich in Muße umzuschauen und in die vielerlei Stimmen der Stille hineinzulauschen. Beinahe heiß war es unterdessen geworden, ein Wald- und Schattenstück, das mich aufnahm, kam darum gelegen. Ein paar Augenblicke später vernahm ich Stimmen, deren Klang mich wahrhaftig überraschte, nach einer größeren Menschenmenge hörte es sich an, ein zuerst lockeres Gewebe von Lauten, das rasch und stetig dichter wurde, in dem ich immer deutlicher einzelne Rufe, Schreien und Lachen unterschied. Ausgerechnet im Walde auf solch eine Ansammlung zu stoßen, hätte ich am wenigsten erwartet, und es klang mir vertraut und fremdartig zugleich. Bald – ich glaube, unwillkürlich beschleunigte ich den Schritt – gelangte ich an den Ursprungsort der Geräusche. Links durch die Bäume, die nun eng beieinander standen, eine Hecke gleichsam aus schmächtigen Fichten bildend, denen entlang außerdem ein Maschendrahtzaun gezogen war, erkannte ich Wohnwagen, Zelte: einen Campingplatz hatte man hier eingerichtet. Ich erreichte das Tor, das auf das Areal führte, Kies knirschte unter meinen Füßen, der Weg war zu einem Fahrweg geworden, und ich mußte sofort auch beiseitetreten, weil ein Auto mit großem Wohnanhänger herausfuhr. ‚Da geht ein Urlaub zu Ende‘, dachte ich und freute mich, daß ich meinen noch nach Wochen rechnen durfte. Dann, während ich noch stand, um den aufgewirbelten Staub verziehen zu lassen, überlegte ich, daß es sich anböte, eine Badepause einzulegen; aus der Geräuschkulisse stieg nämlich das Bild des Strandbades in mir auf und aus ihm hervor der See, die weite Fläche des Wassers, darein zu tauchen köstliche Erfrischung gewähren würde.

Allerdings müßte ich zunächst eine geeignete Stelle am Ufer finden, denn man ließe mich wohl kaum so mir nichts dir nichts zum Badestrand des Campingplatzes marschieren, und vor allem – ich hatte keine Badehose dabei. Nun, ein übervölkerter, lärmiger Strand und von Menschen wimmelndes Gewässer lockten mich noch ebensowenig wie zuvor. Gleichwohl, daß mir andererseits nicht vergönnt war, die Vorstellung von einem Bad in abgeschiedenem Winkel ohne Umstände sofort in die Wirklichkeit umzusetzen, das bereitete der Schwimmlaune ein schnelles Ende. Genaugenommen verspürte ich doch größere Lust, vorerst weiterzuwandern. Schwimmen konnte ich genausogut irgendwann auf dem Rückweg, da wäre es, als Erholung vom langen Gehen, überdies viel besser angebracht. Also brach ich wieder auf.

So pfiff mir's von den Lippen, die Beine bewegten sich im Takt der Melodie, ein Pfad zweigte vom Fahrweg ab, rasch versanken die Geräusche hinter den Bäumen, eine kurze Weile erstreckte sich noch der Wald, dann hörte er auf, ich trat wieder in offenes Gelände, wie weiße heiße Tücher umhüllte mich die Wärme, wie weiße Tücher, strahlend in all dem Licht, die wiederum der leichte Wind gleichsam um mich sich bauschen ließ, sie zu weißen Segeln machte – und Segel erblickte ich tatsächlich, dort auf dem See: Jenseits eines Gürtels aus Schilf, in den die Wiese überging, dehnte er frei und unverstellt sich aus. Wie gut, daß ich mich für den Ausflug entschieden hatte, sagte ich zu mir selber, damals – heute muß ich fragen: War es denn eine *Entscheidung* gewesen? Einerlei, *das war* es, was ich suchte. So empfinde ich auch jetzt noch, während ich mir jene Stunden zu vergegenwärtigen versuche. – Das Terrain fiel hier bis nahezu an das Wasser leicht ab, und stieg nach hinten zu mäßiger und dennoch höher an als vor dem Waldstück. Felder gab es hier keine mehr, nur Wiese, weniger blütenreich, lange dünne Halme von Rispengräsern wiegten sich leise, ebenso die Bäume fehlten, das Wäldchen verschwand in einem Einschnitt, und in der Gegenrichtung bereitete ein Grasbuckel dem Weg der Augen Halt. Nur ganz oben auf einer Kuppe, da breitete ein einzelner Baum seine Äste. Der rief mich: Komm, komm zu mir, in meinem lichten Schatten setze dich nieder und schau hinaus, schau rings um dich, wie schön alles ist. Ich stieg hinauf.

Um den Baum, eine prächtige Linde, lief eine Bank. Landeinwärts war das Gelände zunächst leicht abschüssig und zog sich dann eben, in flachen Wellen hin, behielt indessen in schräger Richtung, zum See hin und zu dem Hang, an dem ich vorher entlanggewandert, eine gewisse Abwärtsneigung bei. Felder bildeten nun erneut einen Teppich, vor allem aus schon blondschimmerndem Getreide, aber auch Mais, mit seinen glänzendgrünen, die Sonne reflektierenden Blättern. Vereinzelt ein Baum dazwischen. Im Hintergrund schob sich ein ausgedehnter Wald, sachte bereits vom Blau der Ferne angeflogen, quer vor den Ausblick. Am Feldrain, wenige Meter unterhalb vor mir, und an dem staubigen Weg, der vorüberführte, blühten Ackerwinde und Mohn ... Ich drehte mich um; ungeheuer an Weite und blendendem Licht im ersten Moment gewann das Bild. Der See. Scheinbar ohne Grenze erstreckte er sich, die

Ebene des Wassers löste sich am Horizont in den Himmel auf, wie als dichtere Zonen der Luft meinte ich die Berge angedeutet zu sehen. Näher heran tauchten die seitlichen Ufer hervor, verfestigten ihre Schemen sich – je näher, um so mehr – zu körperlicher Gestalt, gleicherweise erhielt das anschließende Hügelland Form und Farbe; Wiesen, Felder und Waldinseln, Dörfer und Städtchen, die Weingärten an den Uferhängen waren zu unterscheiden. Links sah ich, in der Perspektive über einem bloß schmalen Wasserstreifen, meinen Unterkunftsort; am Ufer auf der anderen Seite, durch ein breiteres Wasser von mir getrennt, lag ebenso eine kleine Stadt, über der ein spitzer Kirchturm und ein zweiter Turm, mit Erkertürmchen oben an den vier Ecken, aufragten.

Vor mir, etwas nach links versetzt und jenseits des Einschnitts, in dem das Wäldchen auslief, erblickte ich nun wieder die Kirche, die im Grunde den Anstoß zu diesem Ausflug gegeben hatte. Sollte ich sie aber überhaupt noch aufsuchen? Dort konnte ich keine umfassendere, beeindruckendere Aussicht finden. Im Gegenteil. Also könnte ich nachher doch auf demselben Weg, den ich hergekommen, ohne umständlich zu der Kirche abzuschwenken, zur Anlegestelle zurückkehren und unterwegs eine um so ausgiebigere Badepause einlegen. Freilich war trotzdem noch eine gute Weile zu gehen, und ich verspürte Durst, großen Durst und war ohne jede Marschverpflegung losgezogen. Der sonst stetige Windhauch hatte ausgesetzt und die Hitze war schweißtreibend, auch im Schatten der Linde. Ein Stückchen weiter lag ein Dorf am See; von der Hanglinie halb verdeckt, blinzelte es einladend zu mir herauf. Der oben genannte Feldweg brachte mich hin, und im Garten des einzigen Gasthauses trank ich ein kühles, goldfunkelndes Bier, mit einem Behagen, wie ich es bei keinem der anderen, die ich zuvor getrunken, empfunden hatte. Der Garten befand sich auf der Schattenseite des Gebäudes und bot keinerlei Sicht auf See und Landschaft, doch das störte mich nicht. Der Wirt, der mich bediente – ich meine, daß er höchstselbst es war, denn er hockte mit vier weiteren Männern um einen Tisch und unterhielt sich, mit allen Anzeichen, daß er jedes Recht dazu besaß – er schien mir, dem Fremden, gegenüber in unbestimmter Weise mürrisch zu sein; auch das focht mich nicht an. Ich lehnte mich mit dem Stuhl zurück, wippte leicht auf und nieder, trank dann und wann einen Schluck und schaute, in geradezu vollkommener Gedankenlosigkeit ruhend, die schönsten runden Löcher in die Luft, in die rissige, silbrig-graue Holzwand eines Schuppens, in den Gemüsegarten daneben, in die fünf Männer und so weiter und wieder von vorn.

V

Schließlich, nach einem zweiten Glas, beendete ich die ausgiebige Rast, erklomm erneut den Anstieg zu der Linde, zögerte oben kurz, ob ich nochmals die paar Schritte ganz zu ihr hinauf sollte, um die vorige Aussicht mit dem Anblick, den das spätere Licht jetzt böte, zu vergleichen, und dachte dann, daß je weiter gegen Abend zu, desto klarer die Luft, desto wärmer und intensiver die Farben und immer feiner ausgeformt alle Gestaltungen in der Ferne sein würden. Was lag folglich näher, als die vor kurzem gefaßte Absicht fallen zu lassen und doch den Umweg über jene Kirche zu wählen. Und was hieß schon Umweg? Die Wanderung selbst bildete den einzigen Sinn und Zweck des Tages.

Der Feldweg schien indes einen anderen Verlauf nehmen und mein vorheriges Vorhaben unterstützen zu wollen. Nachdem er das Sträßchen, das vom Campingplatz heraufkam, gekreuzt hatte, leitete er mich zwischen den Kornfeldern so, daß der Kirchturm – ihn allein sah ich noch von dem Gebäude – mehr und mehr seitlich zurückblieb und über kurz oder lang sich mir im Rücken befände, immer weiter entfernt, und ein anderer Weg, um endlich abbiegen zu können, ließ auf sich warten. Ich wurde deswegen unruhig und hielt mitten im Schritt an. Was ich mir vorgenommen, wollte ich ausführen. Nicht was ich vorhin und zuerst gesagt hatte, galt; das war es ganz und gar nicht, was ich wollte, es war ein Irrtum. Lediglich infolge einer gewissen Ermüdung durch die Hitze und das Gehen hatte ich der kürzeren Strecke den Vorzug gegeben. Man mußte es also überhaupt nicht ernst nehmen. Mittlerweile fühlte ich mich nach der Einkehr wieder völlig bei Kräften. Außerdem, zuallerallererst, ganz zu Anfang, da hatte ich ja zu ihr den Weg nehmen wollen, *das* hatte ich ja vorgehabt, und was man als erstes sagte, galt, es galt auch hier, es gab keinen Grund, irgendetwas zurückzunehmen ...

Derart disputierte ich mit mir selber, ohne besondere Logik oder Vernunft, von einer seltsamen Unruhe erfaßt, die zu dem Anlaß in keinstem Verhältnis stand, reckte mich auf den Zehenspitzen und suchte nach Spuren eines Weges und kam, obschon es mir so viel bedeutete, dort hinüberzukommen, auf das Nächstliegende zuletzt: querfeldein, ganz einfach. Als dieser Einfall meiner Not mich enthoben und ich auf der Grenzlinie zweier Felder weiterging, schüttelte ich den Kopf. Diese Aufregung, wie lächerlich. Zuckte mir jene verunglückte Nacht und der von ihren Nachwirkungen verdüsterte Morgen doch noch immer durch die Nerven? Was ich damals vorgehabt, war holterdipolter über den Haufen geworfen worden, durch eigene Torheit und Tücke der Umstände. War es das? Daß der Weg eine falsche Richtung zu nehmen drohte, hatte das die Erinnerung an die unliebsamen Vorfälle heraufbeschworen – und hatte sie die Unruhe ausgelöst, das heißt die Befürchtung (deren äußeres Zeichen jene war), es könnte abermals etwas verkehrt laufen, eine Unruhe ähnlich wie die Schübe von Nervosität und Unbehagen ein paar Stunden früher, beim Frühstück und danach auf dem Schiff ...? Wie dumm, was konnte denn groß passieren. Ob dahin oder dorthin, jeder Weg war schließlich heute recht, selbst wenn er mich an das andere Ende des Sees brächte. Oder etwa nicht?

Hatte ich damals diese Begebenheit wirklich so zu ergründen versucht? Nein, wenn ich mir alles noch einmal durch den Kopf gehen lasse, muß ich zugeben, dazu kaum fähig gewesen zu sein. Ich fand die Unruhe, die mich überfallen hatte, sonderbar und, wegen des nichtigen Auslösers, unerklärlich und gerade darum lächerlich. Nichts sonst. Doch mag der Passus stehenbleiben; denn der Erklärungsversuch trifft das richtige – und pflanzt dadurch, was mich, während es geschah, bloß unbestimmt berührte, nun fester und tiefer in mich, macht es mir auf die Weise erst zu wahrhaft Erlebtem.

Ich hielt in möglichst direkter Linie auf den Kirchturm zu, der gleich einem in die Luft gestreckten Finger die Aufmerksamkeit auf sich zog oder auch wie ein Ausrufungszeichen dastand, als riefe es von dort immerzu »Hier ist es, hier ist es«. Alle Bauern der Gegend bitte ich im nachhinein um Verzeihung, denn wo ich anders Gefahr lief, von der geraden Linie zu weit abzuweichen, nahm ich wenig Rücksicht, ob ich am Feldrand entlang oder mitten durchs Feld ging. Jetzt, da ich den gesamten Ablauf überblicke, sehe ich auch dies Verhalten mit anderen Augen an, erhält der Gang über die Felder einen ferngelenkten, einen telepathischen Charakter. Zu jener Zeit hingegen erschien er mir als Ausdruck schrankenloser Ungebundenheit: Ich selber bahnte den Weg. Nach einer Weile indes, als die Kirche nur noch einen Katzensprung entfernt lag, schloß eine dichte Reihe von Heckenrosenbüschen die Felder ab. Nicht genug, daß mir die grüne Wand alle Sicht auf das so nahe Ziel raubte, nein, sie stellte sich vor mich hin, wie wenn sie mir auch alle Aussicht, es je zu erreichen, nehmen wollte; denn was Unüberwindbarkeit betraf, kam die Hecke mit ihren eng ineinanderverschränkten, haklig dornigen Zweigen der dicksten und höchsten Mauer gleich. ,Da bahn dir mal schön einen Weg hindurch', spottete ich über mich. – Und tatsächlich probierte ich zuerst, ob gerade dort, wo ich stand, ein Durchkommen möglich wäre. Müßig zu erwähnen, daß es mißlang, weder konnte die Zweige beiseitezuschieben etwas fruchten noch auf dem Bauch liegend unten durchzukriechen. Trotzdem probierte ich beides, als zöge mich eine Kraft geradewegs hinein. Einziges Resultat war eine aufgeritzte Hand. ,Der Geist ist willig, das Fleisch aber schwach', gab ich mir aufs neue Spott und ärgerte mich. – Dann tat ich, was die Vernunft gebot, tat es gleichwohl nur widerwillig, und strich an dem Buschwerk entlang, bis eine Lücke Durchgang oder wenigstens Durchschlupf gewähren mochte. Sie fand sich schon nach wenigen Metern, die Zweige traten so weit auseinander, daß ein schmaler Pfad schräg hineinführte und erlaubte, mich an den Dornen vorbeizuschlängeln. Bedacht darauf, mich an ihnen nicht mehr zu verletzen, achtete ich leider kaum auf den Boden, und nach wenigen Schritten, völlig von einem Zweig vor meinem Gesicht in Anspruch genommen, verlor ich auf einmal den Halt unter den Füßen, trat ins Leere, strauchelte, rutschte, rollte, von Blätterrascheln und dem Knacken brechenden Holzes begleitet, eine steile Böschung hinab und landete im nächsten Moment hart im Staub. Mehr verdutzt als benommen blickte ich um mich. Ich saß auf einem Weg, einem Hohlweg, der bergan führte. Über der Böschung auf der anderen Seite mußte die Kirche sein. Auf die Art hatte ich zumindest getan, wonach ich gestrebt: die kürzeste Strecke genommen – und hatte außerdem dieses Stück Wegs gar prachtvoll gebahnt, nach dem zu urteilen, wie es während der Schußfahrt durchs Gehölz gerauscht und geknackt hatte. Mit meinem Ziel fest im Sinn hielt mich eben nichts auf. ‚Wenn's bloß immer so gewesen wäre', leuchtete es da wie eine Nachtreklame kurz in mir auf. – Ich wischte mit dem Arm über die Stirn – und sah ihn blutverschmiert. Noch eine Schramme hatte ich mir also geholt. Und von wegen *eine*, am Ellbogen des Arms mit der zerkratzten Hand blutete ich ebenfalls. Nun, Hauptsache, ich vermochte noch die Beine zu gebrauchen. Ich erhob mich vorsichtig, es klappte ohne Schwierigkeiten, nichts war gebrochen, nichts verstaucht. Dann klopfte ich mir den Dreck von Hemd und Hose, der sich stellenweise äußerst anhänglich zeigte, und konnte zufrieden sein, daß diese beiden ansonsten keinen Schaden genommen hatten. Aber auch so mußte ich einen erhebenden Anblick bieten, als hätte ich mich durch das dickste Urwalddickicht gekämpft. Und ich hoffte, im Kirchhof einen Brunnen zu finden, um Blut und Schmutz abwaschen zu können.

Ich ging weiter. Gleich darauf brachte mich der Weg um eine Krümmung, und ich sah die Kirche wieder. Wenige Meter oberhalb wuchs Stück für Stück ihre mir zugekehrte Stirnseite, eine einfache geweißte Giebelwand, während ich vollends hinaufstieg, wie aus dem Boden hervor. Endlich war ich auf dem Kirchplatz angelangt. Vor mir, in einer leichten Diagonalen von links nach rechts verlaufend, erhob sich das Gebäude; die Eingangsfont, im ganzen jetzt sichtbar, war im Licht der späten Nachmittagssonne eine schimmernde Fläche aus Helligkeit. Ebenso der Platz, der sich zur Seite und nach hinten zu ausbreitete. Der Bereich vom Eingang auf das Gelände, wo ich verharrte, bis zum Portal und ein breiter Streifen am Kirchhaus entlang war freigehalten und nur mit feinem Kies bestreut. Der übrige Teil diente als Friedhof, doch ein jedes Grab bot sich vor allem als ein Beet im buntesten Blumenschmuck dar, daß alle zusammen, trotz der Grabsteine und gußeisernen Kreuze, sich zum heiteren Anblick eines Gartens fügten. Am gegenüberliegenden Ende, nahe der Umfassungsmauer, standen zwei große Bäume. Von dort hatte man gewiß eine schöne Sicht über den See, und es lockte in ihrem Schatten die angenehmste Ruhe, als Lohn für die empfangenen Wunden. Darauf steuerte ich zu, nach einigen Schritten löste sich vom ersten Baumstamm etwas Rotes. Ein Mensch, der bis dahin verdeckt gewesen, saß auf der Mauer und schaute hinaus, eine Frau in rotem Kleid, mit blondem Haar, halblang und lockig, ein dunkleres Blond, kräftig hervorgehoben vom Rot, ein Honigblond.

Mir schoß das Blut zu Kopf, heiße Wellen pumpte das Herz durch mich hin, ich hatte sie erkannt, wußte, ohne das Gesicht zu sehen: Das war *Sie*. *Sie* ... So unverhofft war sie mir wieder nah, daß ich erschrak; unverhofft, nicht aber un*er*hofft; nicht mehr hatte ich mit ihr gerechnet, nachdem alles, was ich am Anfang ins Kalkül gezogen, zum verkehrten Ergebnis geführt hatte – doch aber immer gewünscht, aller vernünftigen Erwägung zum Trotz, ihr noch einmal zu begegnen und meinen doppelten Fehler als bloßes Lehrbeispiel, wie unter keinen Umständen vorzugehen sei, in Klammern setzen und neu an die Lösung der Aufgabe herangehen zu dürfen. Die ganze Zeit hatte ich diesen Wunsch im Herzen getragen, auch heute, während ich an dem Sommersonnenwandertag am See, von dessen Art zwei oder drei zu verbringen und sonst wegen nichts ich diese Gegend aufgesucht, scheinbar Genügen gefunden hatte. *Es hatte mir aber nicht genügt*, wie kalt war bei allem Sonnenschein der Tag bisher, wie dumpf, wie matt alles Licht und die Farben alle gewesen. Jetzt merkte ich es, da mir's so warm durch alle Sinne strömte und *Sie* mir in die Augen glänzte, rot und golden wie Aurora in Menschengestalt. Und wenn ich nun noch ihr Gesicht sähe – etwas wie Angst (und zugleich weit entfernt davon, das zu sein) rührte mich an.

Indem kam ich ihr, wurden die Schritte auch noch so langsam, immer näher, laut knirschte der Kies unter den Füßen, wie behutsam ich sie setzen mochte, das dröhnte geradezu, sie mußte es hören. Und richtig, da drehte sie auch den Kopf, in nur halber, nachlässiger Wendung, wie es geschieht, wenn man hinter sich jemanden gehen hört, aber niemanden erwartet. Als sie sich bewegte, blieb ich stehn, drei, vier Armeslängen lagen zwischen uns. Schon wandte sich ihr Gesicht wieder hin zum See, und wäre ich umgekehrt, hätte sie dem Geräusch der Schritte einer für sie beliebigen Person, die davonging, kaum weitere Beachtung geschenkt. Doch verharrte ich reglos. Fortgehen und sie zurücklassen, nichts wünschte ich weniger und war dennoch unfähig, an ihre Seite zu treten oder einen Gruß ihr zuzurufen. Schwarzer Qualm wie aus Rauchbomben wollte meinen Sinn verdunkeln, jene Nacht quoll in finsteren Wolken mir in die Erinnerung und beinahe schwärzer noch der Morgen, den sie geboren ... Oder war er nicht im Gegenteil grell? Ein greller Scheinwerfer in der Finsternis, der meine Torheit beleuchtete und bloßstellte: So lächerlich stand ich in seinem Licht, so klein und dumm, Dümmster August ich, wohingegen der Schatten, den ich, den meine Torheit warf im Manegenlicht, unförmig und riesengroß wuchs, Nachtschatten, der finster auch über *Sie* fiel, einem nächtlichen Spuk sie gleichen ließ ... *Sie* – ich zuckte zusammen: Sollte, bis auf diese Stunde nachwirkend, jener verfehlte Gang in die Nacht, den ich doch einzig *ihretwegen* unternommen, mich *noch einmal* – oh, und dann zum letzten Mal, soviel war gewiß – sie verfehlen lassen, jetzt, so nahe bei ihr? In springenden Wellen brandeten diese Empfindungen und Gedanken mir durchs Gemüt, und ich stand noch immer, trotz des Aufruhrs innen konnte ich mich nicht aus der Erstarrung lösen. So verstrichen Sekunden, Sekunden nur, die mir allerdings endlos schienen, reglos und still wartete ich hinter ihr ... Und daß jemand so nah, ohne sich zu rühren, ohne vollends heranzutreten oder andernfalls sich zu entfernen, ihr im Rücken stand, diese Stille, obwohl jemand da war, denn sie hatte ja die sich nähernden Schritte vernommen und mußte die auf sie gerichteten Blicke spüren – das störte sie endlich, bereitete ihr offensichtlich sogar Unbehagen. Plötzlich flog ihr Kopf, daß die Haare tanzten, herum, drehte sie mit dem ganzen Oberkörper sich mir zu, und dann, kaum daß sie mich erblickte, fuhr sie mit einem Ausruf und erschrockener Miene zurück. In verschraubter Haltung, den Leib rückwärtsgebogen, eine Hand auf die Mauer gestützt, die andere fingerspreizend halb erhoben, saß sie da, beschaute mich zweifelnd. Ich lächelte, im Moment als sie ihr Gesicht mir zukehrte, gab der Starrkrampf mich frei. Sie war es tatsächlich. Und war überhaupt kein Nachtgespenst ...

»Hallo«, sagte ich, »hab ich mich so schrecklich verändert?« – Sie stutzte, die Hand sank herab. »Ach – ach Sie sind das. Mein Gott, was ist mit Ihnen bloß passiert.« Ihr Ausdruck von Verunsicherung wich dem der Besorgnis. – »Wieso?«, fragte ich verwundert, konnte mir wahrhaftig keinen Reim darauf machen. – »Mein Gott«, wiederholte sie, »Ihr Gesicht, voller Blut.« Dann sprang sie auf. »Kommen Sie, setzen Sie sich hin«, rief sie. – ›Das meinte sie›, ging es mir durch den Sinn, an meine Dschungelwunden hatte ich keinen Gedanken mehr verschwendet. »Ach so, das, das ist ...«, begann ich, da war sie heran und faßte mich am Arm. »Komm, setz dich«, hörte ich sie, fühlte ihre Hände, die sie stützend um meinen Arm legte, ließ mich willig zu einer Bank zwischen den beiden Bäumen hinführen und sie gerne in dem Glauben, den mein blutiger Anblick ihr eingeflößt hatte. So eng an sie geschmiegt, das tat so gut.

Dann saß ich, und sie setzte sich, halb auf die Bank kniend, neben mich, besah mein Gesicht, noch immer sorgenvollen Blicks, sah flüchtig mir in die Augen, ein Lächeln huschte ihr über die Lippen, befühlte mit den Fingerspitzen die Stirn, zog sie zurück – und Blut war daran –, schaute hastig suchend umher, »Ich hab gar nichts dabei, hast du ein Taschentuch?«, fragte sie richtig aufgeregt. – »Ein Taschentuch? Ja, hab ich«, gab ich Antwort, griff in die Hosentasche, während ich kein Auge von ihr ließ, auch sie blickte mich kurz wieder an, lächelte wieder, wandte sich jedoch sogleich dem Tuch zu, das ich hervorgezogen, faßte schnell danach – ich spürte ihre kühlen Finger die meinen berühren – und tupfte nun sacht über die Stirn. Ich schloß die Augen, träumte dem »Du« hinterher und dachte: ›Alles ist gut geworden ...‹ – »Es hat aufgehört zu bluten«, sagte sie. »Gottlob scheint's nur *ein* Kratzer zu sein. Aber warte« – und ich vernahm ein Knirschen auf dem Kies und die nächsten Worte klangen schon aus einer Entfernung: »Das Blut geht so nicht richtig ab, hinten an der Mauer ist ein Brunnen.« – Das geschah so rasch, daß, als ich die Augen aufschlug und mich in Richtung der Laute drehte, sie bereits mitten durch den Friedhof lief, hastig, aufgeregt, wie es mir auch vorher aufgefallen war. Ich indessen fühlte mich ruhig und leicht.

Ich erhob mich, trat für einen Augenblick an die Mauer hin. Der See lag vor mir, alle Einzelheiten traten inzwischen völlig rein und klar hervor im schrägen Spätnachmittagslicht, alles besaß Körper und ausgeprägte Form, und tiefer, gleichsam von innen heraus, leuchteten alle Farben, jedes Fenster an den Häusern der Ufer zu beiden Seiten, die Blätter der Bäume, jeden Rebenstock und Getreidehalm meinte ich zählen zu können, ein jedes Schiff zeichnete sich klar gegen den dunkler gewordenen, doch wie Email erglänzenden Grund des Wassers ab, wie Silberstaub funkelten in dem Wellengekräusel am Heck die Reflexe, und bei den großen Schiffen, den Ausflugsdampfern und Autofähren, deren ich drei, vier kreuzen sah, zog sich die Schaumspur hinten als Silberstreifen hin. Und auch die Berge überm Hügelland, sie waren wie herangerückt, Schnee blinkte aus mancher Scharte, greifbar schien der rosig behauchte Fels, schienen die lichten Höhen und wirkten durch die Ferne, die mich in Wahrheit davon trennte, gleichzeitig so schwerelos über dem hellen frohen Grün der Matten, dem geheimnisvollen Schwarzgrün der Wälder ... Hatte ich's nicht so erträumt? War's nicht noch mehr, was ich hier in der Wirklichkeit gefunden – wenn auch auf Umwegen? Um so werter aber wurde mir dadurch das Ziel. Kein Spiel war es bloß, das man beginnt, und dann, wenn das Ziel erreicht ist, achtlos beiseite räumt. ‚Sie', dachte ich, ‚Sie ...'– und setzte mich wieder. Von einem angenehmen Schwindel angeflogen, schloß ich wieder die Augen.

Geschwinde Schritte erklangen, ihre Schritte. Bevor ich noch Zeit hatte, ihr entgegenzusehen, stand sie schon vor mir. Das Rot ihres Kleids füllte einen Moment lang mein Blickfeld aus, gleich darauf war sie in die Hocke gegangen, und ihr Gesicht, ihre Augen, grün und golden, das Gelock ihrer blonden Haare nahmen es ein. »Jetzt wird's gehen«, meinte sie, das nasse tropfende Tuch meiner Stirn nähernd. – Ich wich etwas nach hinten. »Das kann ich doch selber machen«, wehrte ich. – Die Weite des Seebildes in ihre derart nah an mich gedrängte Erscheinung umgewandelt zu sehen, hatte mich verwirrt. Führte das nicht zu überstürzt zu weit? Durfte ich noch länger den Schwerverletzten mimen, aus ihrer herzlichen Hilfsbereitschaft Vorteil ziehen? Standen wir uns für derlei Neckereien nicht noch zu fern? – Sie verscheuchte die gefährlichen Fragen aus meinen Gedanken, ehe sie dort recht Gestalt und Einfluß zu gewinnen vermochten. Ihre Hand legte sich mir auf die Schulter und beugte mich nach vorn. »Was denn, keine falsche Schüchternheit«, versetzte sie freundlich, »das ist teilweise schon festgetrocknet, da geht es doch viel einfacher, wenn ich's mache.« Und sie fing an, das Blut abzuwischen. »Außerdem«, fuhr sie fort, »weil du dich ja selber nicht siehst ...« – behutsam strich sie über eine Stelle über der Augenbraue – »würdest du bestimmt wieder den Kratzer aufreißen.« – Ihre Aufgeregtheit von vorhin war auf dem kurzen Stück Weges hin und her verschwunden (wobei sie vielleicht, wenn ich es im nachhinein bedenke, ein wenig länger, als es normalerweise gebraucht hätte, ausgeblieben war). Und wie sie sprach, sanft, fast leise, gleichwohl bestimmt, und mit ebenso leichter wie sicherer Hand mich versorgte, kehrte auch mir das Gefühl des Erleichtertseins zurück, das Gefühl der Erlösung, das ich, als sie auf der Mauer ihr Gesicht mir hergewandt, empfunden hatte und das so lieblich der Tageszeit widersprach, indem mir nämlich zumute war, als sei es Morgen geworden. Immer wieder, während sie meine Wunden wusch – o nicht allein die der äußeren Verletzung –, fanden sich unsere Augen. Träumerisch geradezu, fiel mir auf, schien sie, was sie tat, zu verrichten; und sie schien – was mir jetzt in der Rückschau erst zu Bewußtsein kommt – das Anstrengende ihrer Haltung, dieser halben Hocke, gar nicht zu empfinden. Summte sie außerdem nicht leise vor sich hin? Oder vernehme ich das nur im nachhinein, weil es gleich einer Filmmusik so gut stimmen würde zu der erinnerten Szene ...? Ihr Erschrecken von vorhin wurde mir begreiflich, denn sie fuhr mir sorgfältig über das ganze Gesicht, die blutigen Spuren zu entfernen.

Dann warf sie mit entschlossener Bewegung das Tuch zu Boden und saß in der nächsten Sekunde auf der Bank, außen, abgerückt von mir. »Quer über die Stirn geht die Schramme, was hast du bloß gemacht?«, sagte sie, am Tonfall bemerkte ich, die Aufregung hatte sich zurückgemeldet, und merkte sofort: auch in mir (doch ohne mehr aus Zweifeln herzurühren, sondern wie wellenreitend auf einer steigenden Woge des Glücks). – »Ach wo, es war nicht so schlimm, wie's vielleicht aussah, bin bloß gestürzt, weil – weil ich's eilig hatte, ich wollte eben unbedingt zu dir«, drängte es aus mir heraus. – Da spürte ich einen heftigen Schlag im Gesicht – und unmittelbar darauf weich ihre Hand an der getroffenen Wange. »Oh, du, das wollt ich nicht«, flüsterte sie erschrocken, und ganz nah saß sie mit einemmal. »Tat es sehr weh?« – »Schon vorbei«, sagte ich. »Aber ... dafür mußt du mir wenigstens deinen Namen verraten«. – Nach kurzem Zögern gab sie Antwort: »Roswitha. Und du?« – Und ganz und gar verging der letzte Schmerz in der Berührung unserer Lippen, in unserer Umarmung.

»Warum so spät?«, fragte sie, an meiner Seite lehnend und den Kopf auf die Schulter geneigt. – Mit der einen Hand kraute ich ihr Haar, und ihre Finger spielten mir im Nacken, und beide hielten wir des anderen Hand, trieben Fingerspiel auch hier, dies Fassen und Lassen, Umflechten und Lösen, das nicht festhält und nicht freigibt. Vor uns, jenseits der Mauer, war es so hell, einen gläsernen Ton hatte der Himmel angenommen, als wollte er durchsichtig werden und dahinter wäre anstelle von Schwärze glänzendes Licht. Wahrlich eine Idylle, alles, alles wie ersehnt ... Was hatte sie mich gefragt? »Ja, warum so spät«, wiederholte ich laut ihre Frage. Was sie heraufbeschwor, bildete den Gegensatz zu dieser Stunde. Aber dahinein konnte ich es entlassen, kairos – es würde umgewandelt werden, wie Kohle in Glut, nein (denn kein Ascherest sollte bleiben), wie Kohle in Diamant. Und ich erzählte ihr jene verwünschte Nacht, jenen

Morgen, der unter dem finsteren Bann gestanden. Durchaus zagend fing ich an, nicht allein aus Ungewißheit, wie sie es aufnähme, sondern ebenso aus Scheu, mir selber wiederzubegegnen. Je länger ich indessen erzählte, desto lächerlicher kam mir all das vor, nicht lächerlich zum Verzweifeln, erheiternd komisch war es, es war doch, da ich hier neben ihr saß und alles schildern durfte, herzerfrischend zum Lachen. Noch lachte ich selber nicht, dachte erst nur, wie voller Komik die Szenerie eigentlich steckte (der jeckste aller Jecken, das ist der Tor in seinem Wahn: so könnte man hierzu ein Zitat abwandeln), und dann läutete tatsächlich ein helles, ein von Herzen kommendes, fröhliches Lachen durch die Luft, *Sie*, sie hatte sich aufgerichtet und lachte, zog mich am Haar, schnippte mir mit dem Finger auf die Nase, zeigte auf mich und ihr Lachen hörte nicht auf, und ich erkannte es, erkannte dies Lachen (mochte das möglich sein wie es wollte) und – ich lachte mit. Und schließlich, in einem andersartigen Ausbruch des Gefühls, faßte sie mein Gesicht mit beiden Händen, zog es ungestüm zu sich her und küßte, über und über, es ab. Dann sprang sie auf. »Los«, rief sie, und atmete schwer, »gehn wir schwimmen. Komm, ich weiß einen stillen Platz.« –

Wie schön war sie, als sie nach dem Bade dem Wasser entstieg, in ihrer unverhüllten Gestalt. Ich umfing ihren Körper, bedeckte ihn mit Küssen, und wie mit Mund und Augen, so prägte ich mir mit den Händen ihn ein, und ein gleiches tat sie an mir. Aber dennoch verhielten wir uns, gingen nicht bis zum letzten. Seltsam zu sagen: Zu drängend, zu stürmend war unsere Verbindung in ihrem so unerwarteten Geschehen über mich gekommen, trotz der sehnsüchtigen Aufnahme und Wiedergabe ihrer Zärtlichkeiten zitterte eine Scheu in mir. Bevor jedes dem andern, die letzte Schranke öffnend, sich schenkte, glaubte ich es wünschenswert, daß wir noch Zeit haben möchten, im Wesen uns vertrauter zu werden. Kein bloßer, blinder Sinnestaumel sollte die Vereinigung bringen. Überdies war jenes Wunschtraumbild wieder in mir aufgestiegen: wie ich sie auf mein Zimmer im Hotel führte und wir dort zusammen die Nacht verbrachten und der neue Tag uns eins im Arm des anderen fand. Dort mochte es geschehen, noch nicht hier. Roswitha zeigte eine ähnliche Scheu, war in allem Drängen ihrer Küsse und liebkosenden Hände darauf bedacht, daß dieser letzte Abstand zwischen uns blieb. Am Ende, nachdem wir, um Abkühlung zu finden, ein weiteres Mal hinausgeschwommen waren, lagen wir eine Zeitlang schweigend nebeneinander, ohne uns zu berühren. Schmerzend schön war es, sie so neben mir zu wissen. Ich träumte im Wachen vom Abend mit ihr, der in die Erfüllung führen würde, träumte von der Nacht; und vorsichtig, in süßem Bangen, spann ich den Traum noch etwas weiter als bis in die Nacht, als bis zum nächsten Morgen ... *Sie*... sie und ich...

Roswithas Hand tastete nach der meinen, drückte sie sanft. Ich blickte zu ihr hinüber, ihr Gesicht lag mir zugekehrt; entschwand wirklich gerade, sich versteckend, ein ängstlicher Ausdruck daraus? Ach woher, sie lächelte doch, winkte mir mit zärtlichem Wimpernschlag zu. »Wie geht's dir?«, fragte sie. – »So gut. Wie geht es *dir*?« – »Schlecht.«– Das Wort versetzte mir einen Stoß. Also doch? – – – Dann war sie über mir. »Solchen Hunger hab ich, mir knurrt der Magen«, rief sie. – Von Schreck und Überraschung noch befangen, fühlte ich sie auf mich herabsinken, die weichen festen Kissen ihrer Brüste sich gegen mich pressen und ihren Mund, der sich festsog, als wollte sie mich verschlingen. Indes dauerte dieser liebeshungrige Angriff nur kurz, so abrupt, wie sie sich auf mich gestürzt, rollte sie zur Seite und kniete nun breit, die Hände auf die Schenkel gestemmt, neben mir. Brust und Bauch hoben und senkten sich wie ein Blasebalg, ihr Gesicht glühte. Auch ich, auf die Ellenbogen mich aufstützend, mußte erst wieder zu Atem kommen. Etwas Wildes blitzte durch ihr Lächeln. »Laß uns gehn«, sagte sie tonlos, und mit festerer Stimme: »Laß uns noch zusammen essen.«– *Noch, noch.* Wie wohl tat dieses Wort. Noch: das hieß, bevor uns die Nacht nach diesem gemeinsamen Mahl zusammenführte, ganz und gar.

Von Ausgelassenheit erfaßt, legten wir den Weg zum Dorf bei der Anlegestelle zurück. In der Wirtschaft dort am See war sie schon öfters gewesen. Ziemlich bevölkert sei sie bei schönem Wetter, lustig gehe es zu, man könne dort tanzen an manchen Tagen, auch heute – ob ich tanzen könne, fragte Roswitha da und packte mich und wir drehten uns den Weg entlang dahin. Wenn wir Glück hätten, meinte sie, als wir wieder normalen Schritts weitergingen, so fänden wir am Rand der Terrasse Platz, da gäbe es auch einige Tische für zwei, ja, und schön sei es, über den See hinzuschauen, wenn es allmählich dunkel würde und die Ortschaften am See mehr und mehr wie Sternbilder herüberfunkelten. – »Ah, wir *haben* Glück, wir *finden* einen Platz nur für uns beide«, rief ich aus. – »Für uns? Hast du denn *mich*?«, lachte sie, gab mir einen Schubs und rannte davon. – Ich nahm die Verfolgung auf, nach manchem Haken erwischte ich sie am Arm. Sie versuchte, sich loszumachen. »Hast du denn mich, hast du denn mich?«, rief sie wieder. – Aber sie kam nicht mehr frei. »Ha, du siehst ja, ich hab dich«, entgegnete ich vergnügt und ergriff auch den anderen Arm. – In dem Moment drängte sie, statt wie gerade eben weg, an mich heran, daß ich, um das Gleichgewicht zu halten, meine Hände löste. Sie umschlang meinen Nacken, ihr Mund preßte sich auf meinen und saugte, wie vorhin am Strand, sich an. Dann stieß sie mich erneut zur Seite und sprang einige Schritte fort. »Siehst du, wie du mich hast?« – »Ach, komm doch zurück«, bettelte ich. Und fügte sofort scherzhaft boshaft hinzu: »Ich renn dir doch nicht nach.« – »Was würd's dir auch nützen?«, versetzte Roswitha, kam aber herbei und hängte sich bei mir ein. »Du, laß uns singen«, schlug sie vor. – »Ja, singen wir. Das gefällt mir, das ist besser, als wenn du mir davonläufst.« – Daß ich sie gefunden, *wieder*gefunden hatte: Warm strömte die Welle des Glücks durch mich hin. Nie mehr wollte ich sie lassen. So vertraut schien sie mir bereits. »Aber was, was wollen wir singen? Auf jeden Fall ein Lied auf diesen Tag«, überlegte ich. – Und sie: »Ich weiß, was wir machen, paß auf. Ich zähle bis drei, und dann fängt jeder mit dem an, was ihm gerade einfällt. Mal sehn, wie's zusammenpaßt. Ja?« – Oh, dies fragende Ja?, welch große Erwartung klang in ihm mit. Oder war ich es, in dem es so klang? Heute muß ich diese Frage mir stellen, obwohl ich es jetzt, während ich am Schreibtisch sitze, noch zu hören, *wieder* zu hören vermeine, ihr »Ja?« – Ich war sehr damit einverstanden, irgendwie würde es passen, was wir sängen, und sei es einzig, weil wir zwei die Sänger waren. Das reichte aus, jede Dissonanz in Harmonie zu verwandeln.

»Also Achtung«, sagte sie, »und schön laut und nicht mogeln, nach drei wird sofort gesungen.« Sie zählte: »Eins – zwei – (sie blickte mich an, und auch hier: Wieviel frohe Erwartung sah ich in ihren Augen, und in dem Lächeln dennoch zugleich eine Spur bangen Gespanntseins; oder sah es – entsprechend zu vorher, weil *ich* mich in ihr, meine Wünsche in ihr erblickte) – drei«, vernahm ich, und: »All you need is love«, ertönte es schallend, aus ihrem, aus meinem Munde, »love is all you need.« – Ja, *das* sangen wir, ich *höre* uns ... Und konnte etwas besser passen? Nie. Laut sang ich hinaus, laut sang sie mit mir und so falsch wie ich. Wen störten schräge Töne oder Töne, die dem Original vollständig unbekannt. Immer aufs neue wiederholten wir, die Reihenfolge und zwischen *you* und *we* und *I* variierend, die zwei Zeilen: »All you need ist love – love is all you need – all we need ... – all I need ...«, so erklang es, und der gemeinsame Einsatz einer Variation klappte jedesmal. Bis ich einen anders gewordenen Text sang: »*All I love are you.*« – Da verstummte sie. Mein Gesang setzte ebenfalls aus, mein Mut hatte mich verlassen. Überlegungslos waren mir die Worte über die Lippen gerutscht, und nun war es heraus, das Geständnis. Wir hatten angehalten. Ich sah sie an, dann zu Boden. »Es stimmt«, sagte ich. Und lauter: »Ja, es stimmt.« —— »Aber was weißt du denn von mir?«, kam es von Roswitha nach einer Pause. »Was weiß *ich* von *dir*? Vielleicht sind wir beide nicht frei, und du fährst morgen weiter und ich bleibe hier, und alles ist vorbei?« – Ich schüttelte langsam den Kopf. »Warum soll es vorbei sein? Ja, ich bin nicht frei, aber weil *du* da bist, weil *du* es bist, die mich gefangen hat, in die ich verliebt bin. Ich hätte es mich noch gar nicht zu sagen getraut und hab es bis gerade vielleicht noch gar nicht so richtig vor mir selbst zugegeben. Aber was der Übermut mir entlockt hat, es stimmt, es ist wahr, glaub mir, als ich mich das singen hörte, da wurde mir klar, daß es so ist, und weißt du, was ich für Herzklopfen bekam – sag, warum sollte es nicht dauern, heute, morgen, übermorgen ...?«– »Ach, du«, klang es seufzend von ihr. »Küß mich«, flüsterte sie, »küß mich.« – Mir fiel ein Stein vom Herzen, Flügel wuchsen ihm. ,Auch sie, auch *Sie* ...', sang es in mir. – Sie hatte den Arm ausgestreckt, ich faßte ihn, zog sie heran, fest umklammerte sie mich im Kuß. Plötzlich, tief mit beiden Händen ins Haar mir greifend, bog sie meinen Kopf in den Nacken. Aus Augenschlitzen funkelte sie mich an. »Heute, heute ist heut«, sagte sie wie außer Atem, »heute ist es schön, was soll alles andre« – und sie drehte sich aus meinen Armen, ergriff meine Hand. »Laß uns gehn, laß uns zusammen essen und Wein trinken und tanzen und – auf, laß uns rennen, auf.«– Schon rannte sie los. »Fang mich«, rief sie lachend, »schnell, wenn du mich heute noch haben willst.« – »Dich krieg ich«, rief ich und rannte hinterher. – Die Krise war überstanden, endlich war alles klar, in mir, mit ihr, mit uns. ,Ich und sie, ich und sie', hüpfte es im Takte der Schritte mir durch den Sinn, ,ich und *Sie* ...'

Alles wie erwünscht, wie erhofft. Wir fanden einen Tisch für uns allein, obwohl bereits ein bunter Schwarm von Gästen die Terrasse bevölkerte. Wir aßen und reichten uns gegenseitig Bissen in den Mund. Was Roswitha oder ich auf dem Teller hatte, ist mir entfallen, weil es damals keine Bedeutung besaß; genausowenig achteten wir darauf, wie das Essen tatsächlich schmeckte. Wichtig war, daß wir beieinander saßen, und deshalb mundete uns die Speise, mocht sie gut oder schlecht zubereitet sein, vortrefflich; jeder Bissen, den sie mir in den Mund schob, schmeckte gleichsam nach feinstem Honigbrot. *Sie* verleibte ich mir damit ein, es bedeutete weniger für den Magen als vielmehr Nahrung für das Herz. Und umgekehrt gab ich, wenn ich Roswitha etwas zu versuchen reichte, mich selbst ihr ein. Ein Kuß hin und wieder, das leibhaftige Schmecken des andern, unterstrich dieses Ritual. Köstlich war der Wein, war es – denn das Seeland genießt seines Weinbaus wegen höchsten Ruhm – in jedem Fall auch ohne die Würze unseres Gefühls. Dennoch schenkte diese ihm noch reicheren Geschmack, wie gleichzeitig der Wein, in dem sich die Kraft der Erde und der Sonne verdichtet hatte, unser inneres Wesen entfaltete. Der Wein übergoß ihre Züge mit liebreizender Röte. So in ihrem roten Kleide, dessen einer Träger immer wieder von der Schulter glitt, mit dem goldenen Lockenbusch ihrer Haare, glühte sie vor mir und glühte sich durch die Augen in mein Herz, wohinein auch ihre Blicke – jetzt aus groß geöffneten Augen, jetzt schmal unter Lidern hervor oder seitlich hergesendet – immer neue Blitze warfen, in den Zunder meines Verliebtseins. Und der Hauch ihrer Worte, der Wind, der mich durchwehte, wenn meine Hand, meinen Arm sie berührte, fachte all die Gluten und Flammen an – und wie wundersam: Ich verbrannte nicht, es wurde nur so licht in mir, so lebengebärend warm. Der Funkenflug meines Brandes, ich hoffte, er aus *meinem* Munde, aus *meinen* Augen möge wiederum *sie* erreichen und in sie fallend die gleiche Wirkung tun. Es sah auch ganz danach aus.

Später, die Sonne war inzwischen hinter den Hang gesunken, tanzten wir. Ein erhöhter Tanzboden, an die Giebelseite des Hauses angebaut, schuf dafür Raum, an Schnüren, die über ihn gespannt, hingen Lampions, und eine kleine Kapelle spielte ländlich volkstümliche, von den hüpfenden Läufen einer Klarinette dominierte Weisen. Daheim hätte eine derartige Musik mir ein mildes Lächeln entlockt, an diesem Platz, zu dieser Stunde wollte ich sie um keinen Preis anders. Ein gemächliches Stück löste das vorherige ab, Roswitha lehnte sich, während wir uns wiegten und langsam drehten, eng an mich, wir sprachen kein Wort, sprachen zueinander mit Bewegung, Berührung und Blick. Ein Ausdruck lag auf ihrem Gesicht, als sänne sie über etwas nach, Verwunderung und Frage waren in ihr Lächeln gemischt. Auch ich fragte in mich hinein und fragte im Stillen *sie* und nahm mir vor, es nachher wirklich zu tun, um zu erfahren, ob ich, solange mein Urlaub dauerte, hierbleiben solle. Was danach käme ... die Zeit würde es weisen. Und auch verwundert war ich: darüber, wie ich das Glück fühlbar, sichtbar in meinen Händen halten durfte, so wie ich's zuvor, nach unserer ersten Begegnung mir nie zu erträumen gewagt. Da hatte sich meine Phantasie noch eher ein amouröses Abenteuer vorgestellt, das am Ende meinem Reiseplan, so locker er gestrickt war, unverändert ließe. Aber jetzt, *wie anders* – und ein Bild flimmerte, schimmerte mir plötzlich vor Augen, so kitschig-idyllisch und doch ergriff es mit Macht mein Herz, jenes althergebrachte Bild von der Bank vor dem eigenen Häuschen, auf der die Eheleutchen, zusammen alt und weißhaarig geworden, vom Leben ausruhend und dennoch seiner noch genießend dürfend, nebeneinander sitzen und der vergangenen, ins abendliche Goldlicht der Erinnerung getauchten Tage gedenken, die sie, die guten wie die schlechten, eines an des anderen Seite durchlebten ... – Roswitha scheuchte mich aus dem halb fließenden, halb Gestalt gewinnenden Spintisieren auf. Noch im Spielen der Musik hörte ich sie: »Du, ich möchte an unsern Tisch.« – »Jetzt schon? Warum denn?« – »Bitte«, drängte sie, schob und zog mich durch die Tanzpaare, die nun, nach Ende des Stücks, der Kapelle zu applaudieren begannen, spähte über meine Schulter und duckte sich sofort. »Ich habe da drüben jemanden gesehen, bring mich weg«, sagte sie unwillig. – ,Ach so ist das, ja gut, ja prima', lachte ich innerlich. Mußte es dann nicht ihr Freund sein, denn ein Mädchen von solchem Liebreiz wie sie hatte sicherlich einen, wenngleich mir das bis jetzt keinen Gedanken wert gewesen. Oder meinetwegen waren es sonst Bekannte, die ihm brühwarm erzählen konnten, was sie entdeckt. Sie aber wollte nicht erwischt werden, wollte vermeiden, daß ihr Geheimnis gelüftet würde. Warum? Aus Angst etwa? Nein, sondern weil sie heute ungestört *mit mir* sein wollte, ohne Zweifel, und vielleicht – oder gar schon ein bißchen mehr als vielleicht? – nicht nur heute ungestört ... Ja, wie gut, wie prima – so ähnlich, in einem einzigen Gedankenblitz, schoß es mir damals durch den Kopf, und ich legte als stolzer Beschützer den Arm um sie, gab ihr Deckung und brachte sie an den Platz.

»Danke«, sagte Roswitha, noch immer beunruhigt; einen Moment blickte sie forschend über die Tische hinweg. »Entschuldige«, sie lächelte scheu. – Ich winkte lässig ab: »Schon gut, mir ist's auch viel lieber, wenn wir unter uns bleiben können.« – »Und wenn wir hier nicht mehr tanzen, nimmst du mir's nicht übel?« – Ich nahm ihre Hand. »Tu ich nicht, wenn du nur bleibst.« – »Du bist lieb. Und deshalb« – Roswitha brach ab, preßte meine Hand. Ihre Reaktion unterstützte meine Deutung: Jedenfalls einen guten Bekannten ihres Freundes mußte sie entdeckt haben, wenn nicht ihn selbst. Durfte ich schon Ex-Freund zu sagen wagen? Freudige Erregung wallte in mir auf – und kippte sogleich um in Beklemmung. Wenn er uns bemerkte, eine häßliche Szene würde folgen, und wer wußte, wie es ausginge, denn daß ich ihrer endgültig sicher war, nein, darüber zu triumphieren hätte wirklichkeitsblinden Hochmut bedeutet. Besser war es, diesen Ort möglicher Gefahr schleunigst zu verlassen. »Sag, sollen wir einen Spaziergang am See machen?«, schlug ich, bemüht, unbefangen zu erscheinen, vor. – »Ja, komm, mir sind hier eh zu viele Leute«, sagte sie, merklich erleichtert. – Mindestens ebenso erleichtert war ich, und die Freude, daß ihr so viel daran lag, unseren Abend, unsere Nacht vor allen Unbilden zu bewahren, strömte in mich zurück.

VI

Wir schlenderten am Ufer entlang, wieder schweigend zunächst. Hinter dem Hang verglomm der letzte Widerschein der Sonne am Himmel, die leuchtende, farbige Pracht des Tages war in bräunliche, bläuliche Dämmrung gehüllt. Erste Lichter, noch matt und unbestimmt, flimmerten über das Wasser. Von der Wirtschaft wehte gedämpft die Musik, das Geräusch der Stimmen heran, Wellen schwappten weich schmatzend an den Strand. Ein Schiff tauchte hinter einem Landvorsprung auf, eine kleine Reihe erhellter Fenster, eine Kette aus Glühlampen vom Schornstein zum Bug machten es im Zwielicht deutlich sichtbar; die Fähre in Richtung des Städtchens war es, in ein paar Minuten würde sie anlegen.

Die Nacht kam, unsere Nacht, ich strebte mit einemmal ganz von hier fort, hier länger zu verweilen, war unnütz, auf der Terrasse lauerte Gefahr, irgendwann mußten wir sowieso zurückfahren, und wenn wir erst das nächste oder übernächste oder letzte Schiff bestiegen, konnten leicht der oder die, vor denen sie sich verborgen hatte, an Bord sein. Jetzt, zu der noch relativ frühen Stunde, war die Wahrscheinlichkeit gering; je länger wir indessen warteten, desto größer wurde sie. Niemand mehr sollte sie mir wegnehmen heute. Unsere Nacht – das Hotelzimmer bot sich als sicherer Hafen dar, vor allen Gewitter und Sturm drohenden Blikken fänden wir dort Schutz. Außerdem, Verlangen nach ihr hatte mich stärker als jemals gepackt – – aus dem See erhob sie sich, glitzernd und triefend, groß in mir ... Warum noch säumen, sie wollte doch genauso, übergenug hatte sie das beim Tanzen in ihren Bewegungen offenbart, bis diese Störung uns aufscheuchte. Aber auch da hatte sie gezeigt: Sie wollte *mit mir* sein. So ärgerlich die Situation sich angelassen, im Grunde hatte das folgende Versteckspiel den letzten Schleier davon genommen, welcherart sie zu mir stand. Was wünschte ich mehr. Trotzdem, besser wir setzten uns ab. ‚Geschenke des Glücks‘, dachte ich, ‚soll man sorgsam hüten, besonders wenn der Neider so nah ist.' – »Schau, die Fähre«, brach ich das Schweigen. »Laß uns zurückfahren.« – »Ich weiß, was du meinst«, gab Roswitha leise Antwort. »Ja, wir gehen fort ... Aber nicht mit der Fähre, zu viele Leute, ich will noch allein sein mit dir, jede Minute, ganz allein mit dir, weit weg von allen.« – Genau das ersehne ich. Wir zusammen, dort, wo es nur uns gab – oh, wir verstanden uns. Die Fähre überhaupt vermeiden, sie hatte recht. Eingepfercht in der Kabine mit der Gewöhnlichkeit der andern, die keine Ahnung hatten von unserer wunderbaren Begegnung. Und möglicherweise würde doch der Widersacher oder seine Boten an Bord sein. – Ziemlich dunkel war es geworden. Sie stand vor mir, ich strich ihr über die Wange. Wich sie aus? Nein, sie faßte nach der Hand, ihre Finger schoben sich in die meinen. Das Weiße ihrer Augen glänzte, rasch hin und her sich bewegend sahen sie mich an, verführerisch schimmerte im vergehenden letzten Schein zwischen Tag und Nacht Roswithas Haut, silbrig-weiß und wie von innen ein rosiger Hauch. »Aber was machen wir dann?«, fragte ich und fuhr sogleich fort: »Weißt du was, gehn wir zurück an unseren Badeplatz, bleiben wir die Nacht über am See, die Luft ist ja ...« – »Wir suchen uns ein Ruderboot«, fiel sie mir ins Wort. »Wir finden sicher eins. Ruder mich über den See. Egal, wie lang es dauert, da sind wir allein, keiner kann uns stören. Ich hab dir so vieles zu sagen. Willst du?« – Wie gerne. Das Bild eines umgekehrten Charons kam mir in den Sinn, an das Ufer neuen Lebens würden wir übersetzen, ich und sie. Eine lange Umarmung besiegelte ihren Wunsch, unsere Leiber drängten aneinander, wir sanken eins vom andern gezogen ins Gras, und nun konnte ich nicht mehr mich halten, ich knöpfte ihr Kleid am Rücken auf, zog es unter Küssen über Schulter und Brust hinab, und Roswitha, sie tat mit, befreite die Arme aus den Trägern, griff mir mit zausenden Fingern ins Haar, drückte mein Gesicht auf sich nieder zwischen die Brüste, meine Hände wanderten nach unten, schoben den Saum des Kleides, während sie selber ihren Unterleib vom Boden auflüpfte, nach oben, warum noch warten, warum noch zögern, ich und sie, wir gehörten zusammen, ein ganzes Jahr vermochte keinen stärkeren Beweis dafür zu erbringen als dieser Nachmittag, dieser Abend, *als dieser Moment*, ich und *Sie* ... Und es wäre geschehen.

Doch Stimmen erklangen. Wir schreckten hoch, vernahmen sie bedenklich nah, wir lagen hart am Weg. Halb entkleidet, wie wir waren, krochen wir voller Hast zum nächsten Busch. Kaum von ihm als unserem Feigenblatt verdeckt, zogen sie im Schwanketrott vorüber, drei Mann, bellenden Gelächters, renommierend, grölend. Die hätten nicht bloß indigniert die Nase gerümpft oder meinetwegen »pfui« und »wie schamlos« ausgerufen, indem sie trotzdem weitergegangen wären; die hätten weidlich ihren Spott mit uns getrieben. »Die Liiebe ihst ein luhstiges Spiiel ...«, sang einer, ein zweiter ergänzte: »Iich koohm un' geh von eiiner zur aandern ...« – »Japp«, rief eine dritte Stimme, »grad du, o-o-oh.« – »Na, und ob.« »Japp, japp.« – »Du, laß das.« – »Japp, schlappschlapp.« – »Hör auf, sag ich.« – Da grölte der erste wieder: »Die Liiebe ist für alle daa ...« – und in schönster Einmütigkeit fielen die beiden andern mit ein: »Bums-fallera, bums-fallera.« – Feistes Lachen explodierte, und jauchzend tönte es in die Luft: »Jajajajajaaa.« – Ich erstarrte: Er. Wie kam der hierher, der Rotgrind, der Saufbeutel, der Schnapspanscher? Und ein immer größeres Gefolge scharte er um sich, heute morgen zu zweit, jetzt zu dritt ... An mein Ohr gluckste ein verhaltenes Gekicher. »Sch«, machte ich, sie hatte ja keine Ahnung. Mochte sein zwar, daß sein Gebräu mir den rechten Mut erst verliehen hatte für die Begegnung mit ihr; dann allerdings: Wie viele Verwicklungen waren aus dessen Wirkung entstanden. Und gewiß war, auch ohne den zweifelhaften Genuß hätte ich das Reisebüro betreten, um mich nach einer Unterkunft zu erkundigen, und hätte sie gesehen, und es war folglich sehr gut möglich, daß wir ohne den falschen Muntermacher schon längst (oh, verflucht jene Nacht, verwünscht jener Morgen) zueinander würden gefunden haben. Mochte dem so oder so sein – daß der vermaledeite Dicke mir am heutigen Tag an dessen Eingang, als ich auf der Fähre übersetzte, und erneut an seinem Ausgang, mir Roswitha aus den Armen reißend, erscheinen mußte; daß *der* den Tag, welcher uns beide zusammengeführt, gewissermaßen rahmte, das verdroß und beunruhigte mich. Nochmals derartige Verwicklungen erstrebte ich wahrlich am wenigsten. Es war an der Zeit, daß wir verschwanden, ein Boot mußte herbei.

Die drei hatten sich mittlerweile verloren. »Das waren ein paar schräge Vögel, und allesamt so dick«, kicherte sie. – Ich versuchte, an ihre Lustigkeit mich anzuschließen: »Und wir beide«, sagte ich, »wie ein aufgescheuchtes Liebespaar, wenn plötzlich der Ehemann heimkehrt.« – »Es war schon besser, daß sie uns nicht entdeckt haben«, meinte sie darauf, gar nicht mehr lustig. – Also war ihr klargeworden, was uns wohl geblüht hätte, dachte ich und erwiderte: »Da hast du recht«. – Dann ordneten wir unsere derangierte Kleidung, und wie wir so hinter dem Gebüsch hockend damit beschäftigt waren, brachen wir zuletzt doch in ein rechtes Gelächter aus. Dennoch, nachzuholen, worin wir unterbrochen worden, dazu fühlte sich keiner gestimmt. (Und in der Erinnerung schieben sich, wenn ich uns lachen höre, jedesmal die brüllend-wiehernden Laute der drei Brüder von der Flasche dazwischen.)

Etwas abseits stießen wir auf ein Boot, das lediglich auf den Strand gezogen, mit keiner Kette, keinem Seil gesichert war. Das nahmen wir. »Wie leichtsinnig, das haben sie nun davon«, meinte ich zu Roswitha und beschwichtigte mein Gewissen, dem das Piratenstück schlichtweg Diebstahl hieß. ‚In der Liebe ist alles erlaubt‘, dachte ich noch. – Sie war still geworden, seit wir uns auf Bootssuche begeben hatten, sagte auch zu meiner Bemerkung keinen Ton. Wir schafften unser Beutestück über den Strand. Ich am hinteren Ende, blickte unwillkürlich lauernd über die Schulter hinter mich, niemand mehr sollte uns von der Fahrt abhalten. ‚Ich habe die entführte Königin gefunden und befreit, bringe sie von der Zauberinsel fort, zurück in ihr Reich‘, so lichtete es mir durch den Sinn, und nur halb fand die Vorstellung meinen Beifall, schließlich hatten auf dieser »Insel« wir beide uns schönstem Zauber hingeben dürfen.

Endlich schaukelte der Kahn im Wasser, ich stieg ein und half ihr, flüchtig streifte sie mit den Fingern meine Wange. Sie nahm mir gegenüber Platz, auf der Sitzfläche im Heck. Es war nun völlig Nacht. Hoch am klaren Himmel sandten die Sterne ihren fernen kühlen, stillen Glanz herab, der Mond war noch nicht zu sehen. Sie saß schweigend, die Augen im verschatteten Gesicht auf mich gewendet, es glitzerte aus ihnen, wie es um das Boot aus den Wellen glitzerte. Ich schaute mich um nach den Lichtern des jenseitigen Ufers, wählte ein besonders helles, auffälliges (ich vermutete es am Bahnhof des Städtchens), das mir als Leitstern dienen sollte, wenn ich mich zur Orientierung während des Ruderns zuweilen umwenden würde. Dann tauchte ich die Riemen ein. Zuerst verhalten, bald darauf kraftvoll, in stetigem Rhythmus, ohne Hast zog ich sie durch, hob sie empor, tauchte sie ein und immer so fort. Anfangs blickte ich ein paarmal zurück (vielmehr voraus), ob wir Kurs hielten. Fragte ich auch die wirklichen Sterne nach unserem Kurs in die Zukunft? Nein, ich glaube nicht. Er schien so sicher, so klar, jetzt, da wir der möglichen Gefahr entronnen waren. Daß ich den Himmel nach Sternschnuppen abgesucht hätte, erinnere ich mich ebenfalls nicht. Meine wahren Sterne, mein Polar-, Morgen- und Abendstern und meine Sonne, meinen Mond, das Sehnsucht- und Heimatlicht meiner Wünsche, ich hatte es doch un- mittelbar vor mir. Ich sah auf Roswitha und sah auf die Gefilde unseres heutigen Glücks, die Lichter des Wirtshauses tauchten auf und schickten einen Gruß, etwas weiter davon schimmerte eines über dem Hang, das mußte die Kirche sein, angestrahlt in der Nacht. Das sah ich und sah Roswitha, und sie schaute auf mich und wohin wir steuerten. Unnötig war es, mich umzuwenden, sie würde es mir sagen, wenn wir auf falschen Kurs gerieten.

Dergleichen dachte ich damals wohl kaum oder empfand es mehr unbestimmt, als daß ich es in ausgeprägte Gedanken faßte. Aber die Ausschmückung scheint mir dem Bild erst den richtigen Rahmen und Halt zu geben, wenn ich in der Erinnerung uns in dem nächtigen Boot fahren sehe, beide einander zu- wie in verschiedene Richtungen gekehrt; ich rudernd, ohne zu sehen wohin, sie reglos und schweigsam und das Ziel vor Augen.

Nach einiger Zeit mußte ich eine Pause einlegen, die Arme begannen zu schmerzen. Ich sagte es ihr. Bis dahin war kein Wort zwischen uns gefallen, allein das mäuschenhaft quietschende Geräusch der drehenden Dollen beim Bewegen der Holme, das kullernde Rauschen, wenn die Ruderblätter sich durchs Wasser drückten, und der helle Tropfenfall, wenn ich sie daraus emporhob, waren an das Ohr geklungen; und die Stille hatte gut getan, hatte Ruhe und Frieden geatmet. Doch schwieg Roswitha selbst jetzt, und – was war denn mit ihrem Gesicht? Während der Arbeit auf der Ruderbank hatte ich es, das sowieso verschattete, mit schnellen Blicken nur gestreift. Und jetzt, schimmernde Streifen liefen von den Augen abwärts. Ich beugte mich vor. »Was ist denn?«, fragte ich verwundert und besorgt und streckte die Hand aus. Ich reichte nicht ganz zu ihr hin, und sie ergriff sie nicht. Ich ließ sie sinken. »Sag doch«, rief ich. – Nach einer Pause kam es schließlich von ihr, in rauhem, dumpfem Ton: »Dreh dich um.« – »Um – wieso denn? Was hast du ...?« – »Bitte«, sagte sie drängend. »Bitte, dreh dich um.« – Widerwillig gehorchte ich ihr. Das Boot schwankte. Was sollte das, was hatte sie vor, mitten auf dem Wasser? Die Lichter des Städtchens standen viel näher gerückt. Bald wären wir drüben gewesen, wir hatten guten Kurs gehalten.

»Ich werde heiraten.« – Was hatte ich gehört? »In drei Tagen werde ich heiraten«, sagte Roswitha. – Einen harten Ruck spürte ich innen, als führe ein Pflock mir durchs Herz. Hatte *sie* das gesagt, *Sie* ...? Ich wollte mich umwenden. »Nein, nicht«, wehrte sie. »Bitte (und flehend klang es nun), bitte bleib so, ich muß dir ja alles sagen ... Wie bin ich froh, daß die drei Männer vorhin vorbeikamen – nicht froh wegen dir ... mit dir, es wäre schön gewesen, aber es durfte nicht sein, ich liebe ihn doch, und dir *da*nach es sagen, es wäre nicht recht gewesen – ach, ich schäme mich so ...«– Schweigen. Endlich: »Was soll das alles?«, brachte ich hervor. – Ich hörte, wie sie einatmete und die Luft wieder ausstieß. Dann begann Roswitha, mit kühler, unbewegter Stimme, zu erzählen.

Ein Abenteuer habe sie gesucht. Nicht etwa, weil das ihre Gewohnheit sei, von der sie, obwohl fest mit ihrem Freund verbunden, obwohl mit ihm, ganz offiziell, verlobt und trotz der bevorstehenden Hochzeit, eben bis zuletzt nicht lassen könne. Auf keinen Fall verhalte es sich so. Sie sei kein Kind von Traurigkeit, das wohl; vor ihrem jetzigen Freund, ihrem Verlobten (wieder hob sie das hervor), habe sie andere gehabt, habe gesucht und probiert. Auch in ihrer beider Freundschaft und Liebe hätten Hoch- und Tiefphasen sich abgewechselt, ein paarmal hätten sie sich getrennt, und da seien natürlich dann andre Männer aufs neue bei ihr zum Zuge gekommen und sie habe geschaut, ob nicht eher unter diesen der Richtige warte. Aber stets hätten sie beide zueinander zurückgefunden, von einer Kraft einander in die Arme getrieben, von ihrer Liebe, das sei so, das sei das einzige richtige Wort dafür, alle die Ecken, Kanten, die jeder besitze, sie paßten in Wahrheit zusammen, wie ein Schlüssel ins Schloß oder wie die Einzelteile eines Puzzles, die, wenn sie verstreut dalägen, scheinbar nie ein Bild ergeben könnten. Das hätten sie gelernt: ihrer beider Teile zuzuordnen, zu verbinden, daß ein zusammenhängendes und festgefügtes Bild entstehe, das eines gemeinsamen Lebens. Natürlich seien, besonders zu Anfang, Verschiebungen und Erschütterungen geschehen, seien einzelne Teile dieses Lebensbildes, ganze Partien herausgesprungen, sei einmal sogar alles zu einem wie heillos wirren Haufen wieder auseinandergefahren. Doch immer wieder, wie gesagt, hätten sie auch sich darangemacht, die Teile erneut einzusetzen, und damals das große Chaos hätten sie ebenfalls gemeistert, nach einer längeren Unterbrechung ihrer Beziehung, und gerade dadurch sei ihnen bis in das tiefste Herz hinein aufgegangen, daß einer für den andern gemacht sei, denn so wundersam leicht sei der vermeintlich so hoffnungslos daliegende Scherbenhaufen wieder heil geworden – und schon daß sie mitten aus der offensichtlich scheinenden Hoffnungslosigkeit ihrer Trennung trotzdem wieder aufeinander zugegangen, vielmehr von innen heraus einander zugedrängt worden seien, schon diese Erfahrung habe sie aus der letzten Ungewißheit erlöst, und darum sei ihnen Beichte und Vergebung und Heilung am Ende so leicht gefallen. Bei andern Männern habe stets nur dies und jenes gepaßt, manches einzelne vielleicht besser, nie aber sei ein ganzes, ein umfassendes Bild gemeinsamen Erlebens entstanden, Ausschnitte immer nur, das Passende selbst sei also von vornherein lediglich Bruchstück, nichts als Scherbe eines Scherbenhaufens gewesen, ohne Möglichkeit, daraus etwas Festes, Dauerhaftes aufzubauen, da verbindende Teile, die alles zu einem Ganzen verbunden hätten, fehlten, da ihre eigenen und des anderen Teile außer jenen wenigen eben in keiner Weise sich zusammenfügten – nichts Gemeinsames sei da auseinandergebrochen, sondern ein jeder habe von Anfang an einen Haufen aus für den jeweils anderen unbrauchbaren Lebensstücken mit sich herumgeschleppt. Und sogar die zusammenhängenden Partien: Meist habe sie schnell gemerkt, wie doch Lücken auch zwischen den Verbindungen klaffen, wie locker, wie leiernd bloß all das aneinanderhing. Dagegen sie beide, sie und ihr Freund, ihr Verlobter, mehr und mehr sei das Bild ihres vereinten Lebens gewachsen, die Versöhnung nach jedem Bruch habe nicht allein Verlorenes zurück, vielmehr bisher noch Unbekanntes hinzugebracht. Und auf jede geschwungene Linie *eines* Puzzleteils habe, eng und fest sich anschmiegend, die eines zweiten Antwort gegeben ... Warum sie all das erzähle, würde ich mich wahrscheinlich fragen. Um mir klarzumachen, daß sie ihren Freund und Verlobten wahrhaftig liebe; daß ihrer beider Liebe schon Prüfungen bestanden habe, es sich also um keine bloße Verliebtheit mehr handle. Und doch, fuhr Roswitha fort, je näher der Termin der Hochzeit gerückt sei, um so unruhiger sei sie geworden. Dabei, welche Freude, welches Glück habe sie empfunden, als er ihr den Heiratsantrag machte, ja sie habe bereits erwogen, umgekehrt es selbst endlich zu tun. Und dann plötzlich – Hochzeitsangst nenne man das wohl. Ihre Mutter habe ihr das Erleiden desselben Zwiespalts gestanden, ebenso eine Freundin – was nütze ihr das. Womöglich ginge es ihrem Verlobten ähnlich – sie wisse es nicht, gesagt habe er jedenfalls kein Wort, und ihre eigene Not ihm zu gestehen, dazu fehle ihr der Mut, später vielleicht, wenn alles vorüber, fände sie die nötige Kraft, mochte es gar in heiterem Erinnern geschehen. Jetzt brächte sie es nicht übers Herz, *er* sei ja der Grund ihrer Unruhe, ihrer Bänglichkeit, oder nicht er selber, aber die Aussicht darauf, unter welch veränderter Voraussetzung sie mit ihm bald verbunden wäre. Bisher habe sich jeder von ihnen freiwillig dem andern geschenkt, im Bewußtsein, daß man sich jederzeit voneinander lösen könnte und es dennoch nicht tat oder immer seltener, und wenn es doch geschehen sei, daß man dann doch stets die Verbindung erneuert habe, aus eigenem Willen, einzig dem Herzen gehorchend; daraus sei mit der Zeit die große tiefe Sicherheit und Ruhe entsprungen. Nun würde sich das ändern, nun würde, was bis dahin aus freien Stücken, aus Liebe geschehen, ein äußeres Gesetz werden, jetzt würde so etwas wie Zwang ihr Zusammensein bestimmen, davor sei ihr bang, vor dem, ob ihre Verbindung dadurch sich nicht unselig verwandeln, ob aus dem lebendigen, sich gegenseitig ergänzenden Ineinandergreifen ihrer Wesen nicht eine harte, unnachgiebige Mechanik der Gewohnheit werden könnte, weil das, daß sie ihr Leben gemeinsam verbrächten, dann ja gesetzlich abgesegnet und verordnet sei, der Wille zur Anbindung des einen an den andern nicht weiter unbedingt aus dem Wollen der eigenen Liebe hervorgehen müsse. Ihrer beider Liebe: liefe sie nicht Gefahr, verlorenzugehen, weil sie in der Gewöhnung als nicht mehr notwendig erscheinen könnte? Es gäbe die Möglichkeit der Scheidung, gewiß. Doch daß sie schon vor der Hochzeit überhaupt daran denken müsse – und vor allem: wenn sie diesen Ausweg irgendwann zu wählen gezwungen wäre, wenn sie irgendwann dahin käme, diesen Ausweg wählen zu *wollen* – warum dann der vorherige Aufwand, warum dann das Wachsen und Erstarken ihrer Zuneigung und Freundschaft und Liebe bis zu dem Punkt der Heirat; bis zu dem Wunsch, das Leben bis ans Ende gemeinsam zu leben; bis zu dem Grad an Vertrauen, das von der Beständigkeit dieses Wunsches überzeugt ist; bis dahin, daß diese Überzeugung bereit ist, sich einem von außen auferlegten, allgemeinen, von der Gesellschaft anerkannten Gesetz zu verpflichten, ja, geradezu eine innre Notwendigkeit dazu verspürt. Was, wenn dies so lang und kunstvoll, mit dem Einsatz des ganzen Lebens zusammengefügte Bauwerk später unter Umständen doch in Trümmer falle?

»Was – was dann?«, wiederholte sie, und ihr kühler Ton hatte sich merklich verloren. »Das beschäftigte mich, das machte mich so unruhig«, sprach sie weiter, »je näher der Tag kam, um so mehr. Und ich dachte: Ich will keinen Rest in mir zurückbehalten, *ein*mal noch will ich ihm untreu sein, *ein*mal noch mich einem anderen hingeben, um noch *einmal* das Glück der Rückkehr zu *ihm* zu erfahren, freiwillig, nur darum, weil *er* es ist, den ich liebe, nur weil *mein Herz* die Rückkehr befiehlt und sonst nichts und niemand. Nur einmal noch ihm untreu werden, um endgültig, bis zur letzten Neige zu erfahren, daß er der einzige ist, den ich will, der einzige, dem ich, *für immer*, mein Leben schenken will. Und ich dachte (oder wie ich's nennen soll, denn ein Denken war's kaum), vor der großen Regel, die bald in unser Leben einziehen wird, brich noch einmal aus aller Regel aus, auch aus der, die wir bisher, wenn wir zusammen waren, aus freiem Willen befolgten, und beinahe ein Jahr ist nun schon vergangen seit unserem letzten, unserem schwersten Zerwürfnis und alles zwischen uns ist seitdem geklärt und gut, bald nach dieser, unserer letzten Versöhnung hatten wir uns ja sogar verlobt – und trotzdem, brich noch *ein*mal mit allem geschriebenen und ungeschriebenen Gesetz, mit allen Herzensschwüren, so drängte es in mir, such ein Abenteuer, eine Gefahr, dein Leben an einen andern zu verlieren, damit nach der Rückkehr, der *Heim*kehr zu *ihm* – ach, und sie dann Erfüllung allerletzter Sehnsucht – damit wirklich bis in den dunkelsten Winkel in dir Platz ist, diese große Regel unterzubringen, ohne daß sie von dir oder du von ihr Schaden erleiden mußt. Ein Abenteuer such, ein Abenteuer, dachte ich, noch *einmal* das Ungewöhnliche, so, daß es dich schreckt, Sinnenlust, Sinnentaumel, an einen Fremden hingegeben und denken und erschrecken, das könnte *er* sein, *könnte dein Liebster sein* und du – die andere, die er sich genommen; und er und sie versinken ineinander und er läßt dich los, läßt dich fallen, weil er die Neue fand, die Neues ihm gibt, ihm Unentdecktes verspricht, wie ein noch unbekanntes, verlockendes Land, während dort, woher er kam, alle Pfade längst ausgetreten, längst zu einer einzigen öden Fläche breitgetreten sind – ach, und wissen: *ich* bin es ja, die in fremden Armen liegt, und hoffen dürfen, daß er es *nicht* tue, voll Glauben es fühlen: *er* ist treu, er wartet auf dich und – so froh sein darüber und über das: zurück zu ihm zu können, und die Freude jetzt spüren, den warmen Strom des Glücks, weil ein ganzes Leben mit ihm auf dich wartet: Ein Tag um den anderen und all die Nächte darf ich mit ihm sein – wie schön, sich daran mit ihm zu gewöhnen, daran: Mann und Frau zu sein.

Und dann kamst du da herein ins Reisebüro. Den nimm, blitzte es in mir auf; mit dem hast du leichtes Spiel, ihn zu fangen und – ihn wieder loszulassen. Ich wußte schnell, dich hatte ich genug gelockt, genug geködert, ich allein schon hatte genügt, ohne viel Winke geben zu müssen, das sah ich, das spürte ich; du kommst wieder, wußte ich, als du das erstemal gegangen bist, und wußte nach dem zweitenmal, auch am nächsten Tag wirst du wieder da sein. Aber – du kamst nicht. Du kamst nicht, und ich ärgerte mich und wartete, wartete wahrhaftig auf dich und hoffte bis zur letzten Minute, bis wir das Geschäft zumachten. Ja, und was du nicht weißt und was auch ein Grund war, weshalb ich an dem Tag dem unruhigen, bangen Drang in mir nachgab: mein Verlobter, mein Freund ist übers Wochenende nicht hier, ist wegen Hochzeitsvorbereitungen bei sich daheim, in einem Nachbarort, die Hochzeit werden wir dort feiern. Und den ganzen Samstagnachmittag und -abend blieb ich mir selbst überlassen, ich wollte auch mit niemandem zusammen sein, gleich gar nicht mit meinen Freundinnen, die mich mit gutgemeinten Ratschlägen bloß noch mehr konfus gemacht hätten, ich sah den großen Tag näherrücken, und die Unruhe wuchs in mir, und nichts hatte ich, sie zu stillen, und hätte es – fast gehabt, war dazu entschlossen gewesen und hatte innerlich schon aufgeatmet, weil diese Spannung sich würde entladen können, und dann – nichts. So sicher war ich gewesen, daß du kommst, daß ich dich im Netz hätte. Aber nichts, und alles war schlimmer als je. Denn jetzt warst es zusätzlich du, mit dem ich mich beschäftigte. Warum denn warst du nicht gekommen?, fragte ich mich, mißtraute meiner Verführungskraft, die für mich so unbezweifelbar gewirkt zu haben schien, und erschrak, weil der Gedanke mich traf, auch bei *ihm* könnte sie versagen, wenn nicht heute, dann vielleicht morgen, und – und ich könnte es womöglich nicht rechtzeitig bemerken. Und dazu kamst immer wieder du mir in den Sinn, etwas in mir zwang mich, mir auszumalen, was zwischen uns hätte geschehen können, mir unsere Lustspiele in allen Einzelheiten auszumalen, ohne daß ich darin – wie hätte es auch gelingen sollen – Stillung und Ruhe finden konnte. Nein, dieser Zwang, mir all das in der Phantasie heraufzubeschwören, ließ mich sogar an meiner Treue zweifeln – obwohl doch überhaupt nichts passiert war; oder gerade deswegen, denn ohne von einer wirklichen Gelegenheit verführt worden zu sein, ließ ich meine Gedanken, meine Vorstellungen, meine Gefühle von meinem Freund fortschweifen, vielmehr, sie schweiften von selbst von ihm fort, ich vermochte sie gar nicht zu halten – warum? Weil ich es im Innersten etwa gar nicht wollte? Ein bloßes Phantom war fähig, den Keim der Untreue, des Verrats in mich zu legen, um ihn, *ihn*, meinen Verlobten, den ich in wenigen Tagen heiraten sollte, beiseite zu drängen. Was würde geschehen, wenn sich tatsächlich mir eine Gelegenheit böte? Liebte ich ihn wirklich so sehr, wie ich gemeint hatte? Auf die Art ging das hin und her, ich schlief kaum in der Nacht. Ach, und das Bett war so leer.

Heute bin ich dann hier herausgefahren. Oben bei der Kirche sitze ich öfters, wenn ich mir über etwas klar werden oder wenn ich einfach eine stille Stunde verbringen möchte. Mit seinen bunten Blumen und so frei unterm Himmel erscheint der Friedhof so hell und heiter und wie ein Gruß von dort, wo die Toten jetzt sind, als seien sie dort frei von all dem, worin wir uns hier verfangen und verwickeln, und als lachten sie darüber, nicht hämisch, nicht schadenfroh, sondern weil es so komisch ist, weil sie sich erinnern, wie es ihnen ergangen war, und jetzt überhaupt nicht mehr einsehen, warum das hatte so sein müssen. Wir aber irren noch immer blindlings von einem Fallstrick zum nächsten und stolpern umher – und sie sehen's und sehen vielleicht, daß im alltäglichen Gang des Lebens oft nur unsere eigenen Füße der Grund dafür sind ...? Ich weiß es nicht ... aber der Platz hat mir fast immer geholfen. Auch heute... Das viele Blut an dir, was für einen Schreck hat mir das eingejagt, wie tat es mir weh, als ich dich erkannte. Mir war, als kämest du mit meinen Schmerzen, als hätte ich dir sie alle aufgehext. Doch immerhin, du warst da, und als du mir erzählt hast, was dich abgehalten hatte und daß du eigentlich gestern hattest kommen wollen, da spürte ich: alles wird gut werden. Oh, es war so ein schöner Tag heute, es gefiel mir, mit dir zusammenzusein, mehr als ich am Anfang je die Absicht gehabt hatte, gerne hätte ich dir mehr gegeben, wenn nicht – ach, gerade deshalb war dieser Nachmittag doch so schön, weil ich ganz sicher wußte – was sag ich, nicht bloß *wußte* –, weil es am Ende mich *durch und durch erfüllte, er* ist es, zu dem ich gehöre, er allein, alle Lust wiegt nicht auf, was wir uns außerdem noch sind, und darum soll auch dort, wo nur Sinnlichkeit und Geschlecht regiert, die letzte Hingabe ihm vorbehalten bleiben, und weil es so ist, konntest du *doch* nicht *mehr* bekommen. Aber das Wenige wenigstens, weil du mich erlöst hast. Und das von Herzen ... So schön war der Tag, bis ich dann vorhin beim Tanzen meine zukünftigen Schwiegereltern sah, sie wohnen nicht allzu weit von hier. Ich hätte es wissen müssen, daß so etwas passieren konnte, sie oder Bekannte von ihm, von mir – wer weiß, ob nicht jemand anderes uns zusammen gesehen hat. Als ich die beiden da entdeckte, wußte ich, Zeit ist's aufzuhören, Zeit, uns zu trennen. Und auf einmal wurde mir wieder so weh ums Herz, nicht weil wieder Zweifel – ach nein, *du* tatest mir leid, ich fand es nicht recht, daß ich dich bloß benutzt habe, du, so ganz und gar in mich verliebt oder mehr sogar, das sah ich, das spürte ich doch (hatte ja, jetzt weiß ich's schließlich, bereits im Reisebüro das richtige Gespür), und als wir uns vorhin nochmals küßten – denn einen Kuß, zwei, drei, das solltest du zum Abschied ein letztes Mal noch von mir haben – als wir uns umarmten, da blitzte es in mir auf: Gib dich ihm ganz, laß *das* ihn mitnehmen, gib ihm von der Erfüllung diesen winzigen Schluck zu trinken, er muß ja trotzdem mit leeren Händen gehen, und ihr seht euch nicht wieder ... Und ich hätte es getan, ich hätte es getan ... Aber gut, daß es nicht passiert ist, ich hätte dich irgendwann deswegen gehaßt und hätte mich morgen schon schuldig gefühlt, *an ihm.* Und ich liebe ihn doch, und in drei Tagen ist endlich Hochzeit, über fünf Jahre kennen wir uns schon, und nach allem Auf und Ab weiß ich doch: er und ich, wir gehören zueinander – bitte, hasse du mich nicht, ach, ich schäme mich so, ich schäme mich so vor dir ...« Ein rauher Seufzer erklang, dann war sie still. –

Ich hatte mich nicht gerührt; äußerlich wie innerlich von Wort zu Wort mehr erstarrend, hatte ich Roswithas Beichte vernommen. Langsam, als sie zu Ende war, löste sich der Klumpen, der sich in mir gebildet. Tränen quollen mir in die Augen, liefen als zwei Rinnsale über die Wangen, lautlos weinte ich. Endlich wurde der Klumpen kleiner, fiel auseinander, ich sackte in mir zusammen, legte die Arme quer über die Knie und den Kopf darauf. Ein Schluchzen begann, mich von tief unten herauf zu würgen, ein zweites folgte, ein drittes und viele – und von ihnen nun geschüttelt, mit weiter überfließenden Augen, hockte ich da.

Möglicherweise weinte sie ebenfalls wieder, und einem Beobachter, der uns beide derart plärrend in dem Boot erblickt hätte, wären unter Umständen vor *Lachen* die Tränen gekommen. Indes, wenn ich heute fähig bin, solch einen ironischen Nachsatz anzubringen – damals war mir keineswegs zum Lachen zumute. Alleingelassen und verloren, vertrieben aus dem Land des wahren Lebens, weil in diesem nur immer zwei zusammen die Erlaubnis sich anzusiedeln erhielten, so kam ich mir vor, als ein Auswanderer, den Zwang und Not dazu bestimmten und der nicht wußte, ob irgendwo jenseits der Wasser ein Land, um ihn aufzunehmen, lag; der nicht wußte, welche Richtung auf dem endlosen Meer – außer der ihm verwehrten zurück – einzuschlagen sei. – Was nun ihr Geständnis anbelangt, das mir im Niederschreiben beinahe in einem einzigen Strom, wie lange Zeit in mir aufgestaut und endlich befreit, aus der Feder floß, so muß ich ungeachtet dessen leider bekennen, daß es sich um ihre eigenen damals gebrauchten Worte kaum durchweg handelt; wer auch vermöchte schon ein einfaches und geordnetes Gespräch wortwörtlich in sich aufzubewahren, und um wieviel weniger kann das bei dergleichen haltloser Rede glücken. Es schmerzt mich, denn wie stark die Worte mich erschütterten, ihre tiefgreifende Wirkung und ihr Klang, ihr – selbst wo sie am Anfang ungerührt sich gaben – jede Panzerung durchdringender Seelenklang, wenn ich so sagen darf, das ist mir in schärfstem Grade gegenwärtig, und lieb wäre es mir, ich wüßte gleichermaßen jedes einzelne der dazugehörigen Worte noch. Nichtsdestoweniger glaube ich mit der Passage, die Roswithas Beichte beschwört, mich der Wahrheit des Sinns so weit wie irgend möglich angenähert zu haben. Dies, indem ich, eben gerade von der Wirkung, von jenem in mir, wenngleich aus den Räumen ferner Zeit her, noch tönenden Klangmuster ausgehend, durch Assoziation versuchte, das, was ich fühlte, was von damals her mich noch durchschauerte und in mir nachhallte, in Worte zu übertragen. Nicht bewußt denkend, nicht in logisch schlußfolgernder Weise konstruierte ich. Eher möchte ich, was ich anwandte, ein magisches Verfahren nennen, das die trennende Wirkung von Zeit und Raum, so gut es gehen mag, aufhebt und das man auch als Dichtung bezeichnen könnte. Letzteres freilich auf keinen Fall in der Bedeutung, daß ich *er*dichte, *er*finde, vielmehr so, daß ich Verstreutes *ver*dichte zum inneren Kern der Wahrheit, das wesentlich Bedeutungsvolle unmittelbar oder Symbole dafür *auf*finde. Ohne Zweifel, ein unteilbarer, untilgbarer Rest bleibt immer. Die Zeit jedoch tatsächlich umzukehren – so sehr mit Nachdruck, auf eine Ebene höherer, wahrhaftigerer Wirklichkeit bezogen, von der eigentlichen Nichtexistenz der vergehenden Zeit da und dort die Rede ist – sie tatsächlich umzukehren oder, was in dieser Ferne abgeschieden ist, tatsächlich zurückzuholen, besitzt hier im Leben niemand die Macht.

Irgendwann legte sich eine leichte Hand mir aufs Haar. Die Berührung lief als ein leichtes Vibrieren durch mich hin. Ich merkte, daß ich zu weinen aufgehört hatte, und das Auflegen der Hand gab mir die Kraft, mich aufzurichten. Roswitha kniete hinter mir, mit einem halben, bangen Blick über die Schulter nahm ich sie wahr. »Dreh dich um«, nahe am Flüstern sprach sie es. »Es hilft doch nichts. Laß uns weiterfahren, es ist spät.« – Sie hatte recht, wozu noch warten, wozu noch säumen. »Ach du«, entwich es mir. – Ich setzte mich wieder andersherum, sie hatte bereits auf ihrem Sitz im Heck Platz genommen. »Das wär's also. Aus und vorbei«, sagte ich und mußte schlucken. – »Ja«, antwortete sie, und leiser: »Trotzdem, es war schön. Bitte, denk auch *da*ran, wenn du dich einmal an mich erinnerst.« – »Werd ich, na klar, ganz bestimmt«, sagte ich, und es sollte sarkastisch klingen. Kaum indes hatte ich die Worte ausgesprochen, tönten sie gleichsam als Echo in mir, wurden lauter, statt sich abzuschwächen, bekamen den Tonfall einer Versicherung, und mir ging ein Licht auf, das Licht dieses Tages, buchstäblich sah ich für einen kurzen Augenblick die Vision eines helles Glanzes in mir aufstrahlen, der – das ward mir in diesem Moment gewiß – den heutigen Tag mit Roswitha bedeutete. »Ja«, sagte ich, »das werde ich.«–

Unbestritten, die Trauer hielt wieder Einzug, noch bevor ich die Riemen wieder ergriff und in das Wasser tauchte. Doch ohne Verzweiflung mehr, ohne daß daraus Verbitterung entstanden wäre. So geht es mir auch heute, all die langen Jahre danach: Wenn ich an jene paar Stunden mit ihr zurückdenke, steigt die Trauer schmerzvoll in mir auf, und zugleich sehe ich alles, sehe ich *Sie* auf einem Grund von Glanz – ein Glanz, in dem die Dinge manchen Schatten werfen mögen und der sie dennoch zuletzt alle von innen her leuchten macht und an den Rändern zuweilen gleißen, als lösten sie in ihn sich auf oder träten aus ihm hervor.

Die restliche Strecke legte ich ohne weitere Pause zurück. Der Mond war inzwischen aufgegangen; Vollmond war oder kurz davor. Er hüllte das Boot und dessen Insassen in seinen zwittrigen Schein, bei dem ich bis heute mich nicht zu entscheiden weiß, soll ich ihn magische Lampe der Träume und Wünsche nennen oder täuschende, sinnverwirrende Emanation der Dunkelheit selbst? Er beschien Roswithas Gesicht, das ich vermied anzusehen – obgleich ein Drang mich immerfort dazu anleiten wollte. Wenn es dann und wann doch geschah, tat es mir weh und wohl in einem. Nicht jedesmal blickte Roswitha mich dabei an, und war es so, daß sie die Augen gesenkt hielt, barg ich rasch wieder die meinen unter den Wimpern, eigentümlich berührt von ihrer unbewegten Gestalt, die von außen sich wie aus aller Erregung und Verwirrung völlig gelöst zeigte. In *meinem* Innern dagegen und – wie zu vermuten war nach all dem, was vorgefallen – in Wahrheit auch in ihr konnte von Beruhigung kaum erst die Rede sein. Manchmal allerdings hatte sie den Blick auf mich gerichtet, und unser beider Augen hielten sich nun für ein paar Sekunden fest, und ein sachtes, verhaltenes Lächeln trat in unsere Mienen. Es zaghaft, gar verzagt zu nennen, träfe vorbei. Es grüßte jeweils sein Gegenüber, das seltsam vertraut geworden, grüßte die gemeinsamen sonnendurchfluteten Stunden der Freude, die keines von uns – ich bin sicher, sie mit einschließen zu dürfen – die keines von uns beiden jemals mehr hätte missen wollen – und sprach doch nicht weniger von der Trennung: davon, daß diesem Vertrautsein kein wirklicher Anfang eines Lebens zu zweit, diesen Stunden einzig Vergänglichkeit innewohnen durfte; grüßte – zu einem Abschied für immer.

Ob sie wohl glücklich wurde? Ich habe nie den Versuch unternommen, es zu erfahren – ihn niemals *gewagt*, zu sehr bangte mir davor. Vielmehr versuchte ich in all den Jahren zu vergessen; und *habe* vergessen. Unverhofft aber mußte ich doch immer wieder an sie denken und dann mühsam versuchen, die kurzen Tage am See zu beschwören, wie man sich müht, in Seancen der Mitternacht des Herzens, lang Verstorbene zu beschwören, deren Verlust auf einmal unausweichlich als großes schwarzes Loch im Leben klafft. Und es war, als nähme jedesmal dieses Loch an Umfang zu. Hier, an seinem Rand, stand ich, und mein gesamtes übriges Leben, alle die Jahre wurden mehr und mehr beiseite und ins Ferne geschoben, schrumpften klein und undeutlich zusammen, während vor mir die schwarze Fehlstelle anwuchs, die ich mit dem, was ich an Erinnerungen an jene drei Tage am See finden konnte, auffüllen wollte, auffüllen mußte, so gut es gelingen mochte, um an der Schwärze nicht zu verzweifeln – jene drei kurzen, in der äußeren Wirklichkeit so flüchtigen Tage, die allmählich bedeutsamer schienen als alles sonst, was nach ihnen im Leben gefolgt war, als sei dort die Spiegelung einer Erfüllung des Glücks erkennbar, das mir damals einen winzigen, den Durst erst erweckenden Schluck zu kosten gegeben hatte, und als habe diesen Durst nichts seitdem stillen und in Wahrheit nicht einmal sänftigen können.

Und endlich fühlte ich mich gedrängt, hier auf diesen Blättern wenigstens meine Erinnerungen daran, wie alles war, als ein Ganzes unverrückbar, unverlierbar festzuhalten zu versuchen. –– Die Lücke aber bleibt. Ja, ich muß jetzt sogar erkennen, daß die Unmöglichkeit, sie wirklich zu schließen, sich, indem ich der Erinnerung eine feste Gestalt gab, in meinem Bewußtsein ebenso verfestigt hat. Mag die Lücke vielleicht auch nicht mehr größer werden, so kann sie doch ebensowenig mehr zumindest vorübergehend, wie früher, mir aus dem Sinn schwinden ...

Und auch die Frage bleibt und stellt sich mir stärker als je: Ob sie wohl glücklich wurde, *Sie* ...?